病毒

蔡骏 著

北京联合出版公司
Beijing United Publishing Co.,Ltd.

图书在版编目（CIP）数据

病毒 / 蔡骏著 . -- 北京 : 北京联合出版公司，
2022.5（2024.4 重印）

ISBN 978-7-5596-5858-6

Ⅰ . ①病… Ⅱ . ①蔡… Ⅲ . ①长篇小说—中国—当代
Ⅳ . ① I247.5

中国版本图书馆 CIP 数据核字 (2022) 第 017902 号

病毒

作　　者：蔡　骏
出 品 人：赵红仕
责任编辑：徐　鹏
封面设计：王　鑫

北京联合出版公司出版
（北京市西城区德外大街83号楼9层 100088）
北京新华先锋出版科技有限公司发行
大厂回族自治县德诚印务有限公司印刷　新华书店经销
字数174千字　787毫米×1092毫米　1/16　14印张
2022年5月第1版　2024年4月第2次印刷
ISBN　978-7-5596-5858-6
定价：49.00元

目录

目录

THE VIRUS
冬至前夜

在 12 月底的日子里，西方人开始欢度他们的圣诞节，而东方人的节日则是冬至。

当然，严格地说，冬至算不得节日，即便是，也不是人间的，而是另一个世界的，也就是中国人所谓鬼魂的节日。相对于圣诞节，西方人也许更喜欢圣诞夜，并冠之以种种美丽的称谓，比如平安夜。冬至也是，不过冬至前夜是比较晦气的，尤其是对于偏好于传统的老人们而言。

从科学的角度而言，在北半球，冬至是夜晚最长、白昼最短的一天，如果把一年比作一天，冬至就等于是子夜。所以，冬至的前夜是名副其实的漫漫长夜，天黑得特别早，也特别冷，太阳总是若有若无地挣扎着要提前下班，仿佛患了黑暗恐惧症一般急急地想躲到地平线以下去。

才下午六点，天空已是一片漆黑，连月亮都找不到。我站在窗前，望着远方乌黑的天空，心中忽然有了种奇怪的感觉。

我匆忙地拉上窗帘，打开电脑，开始上网，今天的网上没什么特别的消息，我和我的一个朋友聊了一会儿就下线了。我开始写一篇新的小说，刚写了个开头，灵感却突然枯竭了，原本想好的再也记不起来，我总觉得今天不对劲，于是打开了邮箱，只有一封新 E-mail，发件人是林树，我的一个老同学兼好朋友。

内容很短——

我的朋友：

　　当你收到我的这封信以后，立刻来我家里，马上就来，一分钟也不要迟疑，好吗？我现在来不及了，快，你一定要来！

林树

他什么意思？让我晚上到他那里去，这么冷的天，这么远的路，他那儿离我家有一个小时的车程呢，这不是要了我的命！我看了看他发出邮件的时间，距现在只有半个小时。而现在已经快深夜十一点了，难道真有什么重要的事？会不会开我玩笑？不过林树不是这种人，他这种比较严肃的人是不太会跟别人开玩笑的，也许真的有什么非常重要的事。

我在房间里徘徊了一圈，然后看了看漆黑的窗外，最后还是决定去一次。

出了门，发现地上有好几圈黄色的灰烬，不知是谁家烧过的锡箔，我特意绕道而行。走到马路上才发觉天气要比我想象的还要冷，风不知从什么地方窜出来在半空中打着呼哨。商店都关门了，开着的便利店也是了无生气的样子，人行道上几乎没有一个行人，就连马路上的汽车也非常少，我等出租车等了很久，清楚地数着在空旷的黑夜里回响的自己的脚步声。

终于叫到了一辆出租车。

驾驶员三十多岁，挺健谈的："先生，今天晚上你还出去啊？"

"有点急事。"

"明天是冬至啊。"

"呵呵，我不信这个的。"

"我也不信，可是今晚这日子最好还是待在家里。做完了你这笔生意，我马上就回家，每年的今晚我都是提前回家的。"

"为什么？"

"鬼也要叫出租车的嘛。因为今晚和明天是鬼放假的日子。没吓着你吧，呵呵，开玩笑的，别害怕。"

车上了高架，我看着车窗外我们的城市，桑塔纳飞驰，两边的高层建筑向后奔跑，我如同在树林中穿行。迷蒙的黑夜里，无数窗户中闪烁出的灯光都有些晦暗，就连霓虹灯也仿佛卸了妆的女人一样苍白。

不知怎么，我心神不安。

车子已经开出了内环线。林树的家在徐汇区南面靠近莘庄的一个偏僻的居民区，七楼，一百多平方米，离地铁也很远，上个月林树说他的父母到澳大利亚探亲去了，要在那儿迎接新世纪，所以现在他一个人住。一个人住那么大的房子，要有点心理素质的。

我看了看四周，现在车子开在一条小马路上，虽然林树的家我常去，但从没走过这条路，黑夜里看不清两边的路牌，只能看到远处黑黑的房子，要么就是大片大片的荒地。车子打着远光灯，照亮了正前方，光亮的柏油路面发出刺目的反光。而四周是一片黑暗，如同冬夜里的大海，我们的车就似大海里一叶点着灯的扁舟，行驶在迷途的航线上。

我索性闭上了眼睛，迷迷糊糊地任车子载着我在黑夜里漫游。在半梦半醒中，车子忽然停了下来，我睁开眼睛，看到车外一栋栋黑黑的居民楼，的确到了。我下了车，司机只收了我个整数，零头不要了，然后他迅速掉转车头开走了。

我蒙头蒙脑地向前走着，不住地哆嗦，小区的路上不见一个人，两边楼房里只有零星的窗户还有光线透出，可能是几个人半夜上网。我不断呼出的热气像一团轻烟似的向天上升去，我看了看篷天空，星星和月亮都无影无踪，只有几朵乌黑的云飘浮着。风越来越大，从高空向下猛扑而来，卷起一些尘屑，在空中飞舞起来。哪家的塑料雨篷没有安装好，在大风中危险地颤抖着，摇摇欲坠，发出巨大的声响。

　　忽然我好像听到前面发出"嘭——"的一声。那声音很闷，像是哪家的花盆碎了。

　　我加快了脚步，在林树家那栋房子下面，我发现有一个人倒在地上。

　　我屏着呼吸靠近了几步，在楼前一盏昏暗的路灯下，看清了那个人的脸，那是我的朋友林树的脸。

　　一摊暗红色的血正迅速地从他的后脑勺下向外涌出。

　　我突然想到了什么，立刻抬腕看了看表——子夜十二点整。

　　冬至到了。

THE VIRUS
冬 至

林树的脸是那么清晰，白白的，一丝痛苦也没有，就像是得到了解脱。当他想要张开嘴说话的时候，却什么声音都没发出来，我对他大喊："你快说啊，到底发生了什么？"这时，我从梦中醒来了。

现在已经是中午。我躺在床上，昨夜发生的事是真的吗？是的，是真的，我想起来了，林树发给我一封 E-mail 要我到他家去，当我在子夜十二点赶到他家楼下的时候，他却跳楼自杀了。我见状立刻报警，在公安局折腾了半夜，清晨六点才回到家，然后蒙头就睡，直到现在。

我起来吃了点东西，电话铃响了，是我的同事陆白打来的，他请我平安夜晚上和他们一起出去玩，他早就说过了，但我一直没确定，因为圣诞对我的意义不大，但现在林树出了事，我的心情很紧张，于是马上就在电话里同意了。

我出门坐上一辆中巴去了嘉定乡下，一个小时以后，来到一座公墓前。

今天是冬至了，这里人很多，上午人应该更多。我在门口买了一束花走进墓园。虽然天很冷，阳光却不错，很温和，洒在墓园四周的田野上。周围有许多大树和芦苇，一些鸟在欢快地鸣叫着。我走近最里面的一排墓碑，在一个名字前停了下来，墓碑上镶嵌着一张椭圆形的照片，一个十八岁的女孩正在照片里微笑着。我轻轻地把花放在了墓碑前，然后看着照片发了好一会儿呆。忽然一声奇怪的鸟鸣把我从沉思里拉了出来，我抬头看了看天，那只鸟扑扇着翅膀飞走了，只有冬至的阳光纠缠着我的瞳孔。

周围的一些墓碑前，人们按照传统的方式给死去的长辈磕头，也许这是他们一年中仅有的两次弯下尊贵的膝盖中的一次，另一次该是清明。随着祭奠先人的古老仪式，四处升起许多烧冥币和锡箔的烟，那些轻烟袅袅而起，如丝如缕，在空中铺展开来，仿佛已在另一个世界。这亡魂聚集的场所，今天坟墓里的人终于放假了，我又想起昨晚那个出租车司机的话，不知怎么，喉咙口突然痒痒的。

晚上回到家，我没有开电脑，把灯关了，一片漆黑中，我独自看着窗外冬至的夜色。整个晚上我一直沉浸在对林树的回忆中，我实在不明白为什么他会选择自杀。他这个人性格很温和，但也不是那种特别内向的人，家庭还算和睦，条件也不错。他是个大网虫，一直梦想进网络公司工作，年初他好几次参加几大网站的招聘，但都没有成功，两天前，他终于被一家财力雄厚的大网站聘用了。要知道，在当今网站纷纷裁员的时候，学历一般的林树还能应聘成功，简直是个奇迹。他收到聘用通知书的当天晚上，就立刻请我在外面吃了一顿火锅，那时候他眉飞色舞，春风得意，谁知道第二天居然就跳楼了。实在没理由啊。

我胡思乱想了很久，慢慢地陷进沙发中，忽然我好像看到了前面的黑暗中有一个人影，模模糊糊的，那人影靠近了我，一点光不知从哪里亮了起来，照亮了那张脸——

"香香。"我轻轻地叫了她一声。

　　那张脸平静地看着我，没有回答，然后又悄悄地隐藏回黑暗中。我急忙从沙发里跳了起来，打开灯，房间里却只有我一个人，原来刚才我睡着了，也许做了一个梦。现在我的精神太脆弱了，已经濒临崩溃。

　　我躺到床上却始终睡不着，直到听见一种熟悉的声音，或远或近地飘荡着，钻到了我的心脏中。

THE VIRUS
平安夜

　　"多美的夜色啊。"陆白的女朋友黄韵倚着浦东滨江大道的栏杆，她染红了的头发在风中飞扬着。又是一个圣诞夜。

　　我们总共有七八个人，虽然说好了平摊，但这回陆白带着女朋友，坚持要自己请客。我们漫无目的地游荡在陆家嘴，尽情地吃喝玩乐，只有我的心情比较沉重，几乎没说什么话。

　　陆白今年二十八岁，除了有一套房子以外，各方面的条件一般，但他的女朋友非常漂亮，是个难得的美人。他们是网上认识的，也该算是网恋的一大成果，一开始的时候可以说是打得火热，但后来黄韵就对陆白不太满意了，可能是嫌陆白的相貌一般吧，看来网恋最终还是要回到现实的。陆白常向我诉苦，说女朋友对他越来越冷淡，上个月居然提出要分手，他很痛苦，甚至到处求教让女孩子回心转意的秘诀。

　　在滨江大道边，我看着对岸的外滩灯火，还有身后的东方明珠，20世纪最后的一个圣诞夜，一路走来都是花花世界，我的心情却依然抑郁。陆白忽然搂着女朋友大声地向我们说："我和黄韵决定结婚了，明年的春节请大家吃我们的喜酒。"

这让我们吃了一惊，原来以为他们两个马上要分手的，没想到现在居然要结婚，太突然了。我仔细地看着他的眼神，却什么都没看出来。他满脸笑容，却有些僵硬，他一定是太高兴了，没错，山重水复疑无路，柳暗花明又一村，任何人遇到这种幸运的事都会这样的。

我看了看时间，快十二点了，把这个时间让给他们的二人世界吧，于是我向陆白道别了，其他人也纷纷识趣地走了，只留下他们两个在黄浦江堤边卿卿我我。

我望了望四周，还有许多一对一对的情侣在寒风中依偎着。我竖着领子，沿着黄浦江走了几十步，突然，身后传来一声女人的尖叫。那又高又尖的声音像一把锋利的匕首划过平安夜的夜空，我脆弱的心脏仿佛瞬间被它撕裂。我捂住胸口，心简直要从嗓子眼儿里跳出来了，这时我听到许多人奔跑的声音，而女人尖厉骇人的叫声还在继续。我回过头去，看到发出尖叫的正是陆白的女朋友黄韵。我愣了一下，随即冲了过去，挤开人群，看到人们都在往黄浦江里张望。我也往江里看了看，黑漆漆的江面卷起一阵寒风，一个人影在江水里扑腾挣扎着，然后渐渐地消失在冰凉刺骨的滚滚波涛中。

"陆白！"黄韵继续向黄浦江里叫喊着，"他跳到黄浦江里去了，快——快救救他——"她突然抓住了我的衣服，"救救他，快！"

我也麻木了，我若是会游泳，说不定真的会跳下黄浦江救人的，但我不会水，一点都不会，跳下去等于自杀。周围的人也在频频地摇头，一片叹息声，就是没有一个人敢下水。

这时，一个穿着黑色制服的警察过来了，警察看了看黄浦江，无奈地摇了摇头，他说自己也不会游泳，然后对着对讲机说了几句话。很快，一艘小艇驶到了江面上，他们好像不是来救人的，而是来打捞的。我回过头去，不敢再向江中张望，浑身发着抖，抱着自己的肩膀。黄韵的呼救声也停了下来，她不再说话，一动不动地站立在江风中，像一尊美丽的雕塑。

一个小时以后，陆白终于被打捞上来了，惨不忍睹，我无法描述在冰冷的江水中浸泡过的他究竟变成了什么样子。他被装进了一个黑色的大塑料袋，拉上拉链，像被装进一具塑料棺材，送上了一辆运尸车。

一个警察在询问黄韵。她断断续续地回答："忽然，他忽然变得神情凝重起来——像是看到了什么东西。"

"什么东西？"警察催促着她。

"不知道，他的眼神很奇怪，看着我后面，接着又是我左面，嗯……又移到了右面，飘忽不定，时远时近。我看了看四周，什么东西都没有，最后……最后他脸上什么表情也没有了，眼神似乎也消失了，转身翻过栏杆，就跳进了黄浦江里……"她不能再说了。

我不明白她说的话，警察也不明白，我看了看四周，除了人以外什么都没有。

那究竟是什么？

THE VIRUS
圣诞

我约了这个女孩——黄韵，我知道这是不合时宜的，但我必须要这样做，以解开我心中的团团疑问。在一个风格简洁的咖啡馆里，我等了很久，当我认定她不可能来而起身要走时，她却真的来了。

一身白衣，染成红色的头发也恢复了黑色，在黄昏中远看，她就好像古时候为丈夫守丧的素衣女子。坐在我面前，我才发现她憔悴了许多，没有化妆，素面朝天，却更有一番韵味。

"对不起，让你久等了。"她的语调很平静。

"我没想到你真的会来。"

"你们大概都在猜测陆白为什么会自杀吧。我也不知道，他的确没有理由去死，而且他的精神一直也很正常。"

"正因为无缘无故，所以才可怕。"我轻轻抿了一口咖啡，都快凉了，接着说，"而且偏偏是在宣布你们两人准备结婚的日子里，更重要的是在平安夜。"

"你们应该知道，在上个月，我明确地告诉他我想分手了。他很伤心，但这不能改变我的决定。但在几天前，他发给我一封 E-mail，告诉我他上个星期专门去了次普陀山，为我的妈妈上香祈求平安。我妈妈上个月被诊断出了恶性肿瘤，就在那天晚上动手术，手术难度非常大，成功率很低，即使成功也很难痊愈。他知道我妈妈是非常迷信这个的，她几乎每年夏天都要去普陀山进香。就在我收到这封 E-mail 的晚上，妈妈的手术成功了，而且一点后遗症都没留下来，主刀的医生也非常惊讶，连称是奇迹。我立刻对陆白改变了看法，被他的诚意深深感动了，所以……"

"以身相许？对不起。"我冒昧地接话了，因为实在没想到还有这种事，陆白真的去过普陀山吗？我不知道。

"可以这么说，我很感激他，其实我也不相信这种东西的，但至少可以知道他是真心的。"

"有些不可思议。"

"我很傻吧，算了，现在说这些都没用了，现在想起来，我做出和他结婚的决定实在太轻率了，仅仅因为一件纯属巧合的事就决定结婚，我实在难以理解当时的自己究竟是怎么想的，为什么会突然变得那么迷信。也许我不该说这些话，这是活着的人对死去的人的亵渎，我对不起陆白，其实，我并不爱他，当时只是头脑发热而已，这就是我一时冲动要和他结婚的原因。你会认为我是一个轻率、自私、麻木不仁的女人吗？是啊，未婚夫尸骨未寒就和他生前的同事一起喝咖啡。"她苦笑了一声，"但愿陆白能原谅我。"

我的脸突然红了。我知道她最后几句话的意思。"对不起，你别误会。"接着，我把冬至前夜我所遇到的那件可怕的事情告诉了她。

她平静地听完了我的叙述，淡淡地说："我认识一个心理医生，他开着一家心理诊所，很不错的，你可以去那里调整自己的心理，你需要这个，知道吗？”她递给我一张那个心理医生的工作名片。

"忘记我吧，再见。"然后她走出了咖啡馆。

她的背影消失在黄昏的暮色中，我仔细地想着她的最后一句话，"忘记我吧"。什么意思？我又看了看周围，全是一对对的男女。

我独自坐了好一会儿，直到天色全都黑了。

THE VIRUS
12 月 26 日

　　上海西南角有着无数条幽静的小马路，被梧桐覆盖着，夏天里是一片葱郁，树影婆娑，冬天却像是在某个欧陆的城市里。在这样一条马路上，我按照名片上心理诊所的地址拐进了一条巷子，推开一栋小洋楼的门，门上挂着牌子 —— 莫医生心理诊所。

　　那是种外面看上去很旧很老，其实内部装修得很新的房子，门厅不大，在楼梯拐角下有一张办公桌，一个二十出头的女孩正在接电话。她的语调轻快，好像在说着什么业务方面的事情，她向我瞄了一眼，给了我一个"请稍候"的眼神。

　　她的脸让我想起一个人，我非常惊讶，瞬间陷入了冥想之中。

　　她是谁？

　　"欢迎你来到我们诊所。"她的话打断了我的沉思，接着她说出了我的名字。

　　"怎么，你知道我的名字？"

　　"有人通知过我们你要来的，请上楼，医生在等你。"

我在楼梯上又向下看了一眼，她正在向我自然地微笑着，我也还给她一个微笑，但我想当时自己的微笑一定显得非常僵硬，因为看到她，我的心头已升起了一团迷雾。

　　推开楼上的一扇房门，一个三十多岁的男人正坐在宽大的转椅上。他的眉毛很浓，浓得有些夸张，虽然胡子剃得很干净，但依然可以看出他两腮的青色，他与我的想象有一些距离。

　　"请坐。"他说，"我姓莫，你就叫我莫医生好了。对了，你有我的名片的。"

　　我坐了下来说："是黄韵告诉你我要来的？"

　　"是，你是她的好朋友吗？"

　　"不能算好朋友。"

　　"没关系，慢慢就会变成好朋友的。"他说这话时的神情变得很暧昧，"我听说她的男朋友跳黄浦江自杀死了，而且他们已经决定结婚了，太遗憾了。"

　　"那晚我也在场，的确很奇怪。"

　　"哦，这是一个值得研究的课题。我是指心理方面。"

　　"你也是黄韵的好朋友吗？"

　　"她一直有神经衰弱的毛病，所以常到我这儿来看病。好了，言归正传吧，你是来看病的，是不是？"

　　"我没有心理方面的疾病，只是觉得最近心理上受的刺激太大了。"我竭力辩解，不想让别人把我看成精神病。

　　"听我说，每个人都有病，有病是正常的，没有病才是不正常的。只是我们绝大部分人都没有意识到自己的病而已，生理的或是心理的。"莫医生说完以后走到窗口把窗帘拉了下来，那是种非常少见的黑色的大窗帘，很厚实，几乎把光线全遮住了，整个房间笼罩在幽暗之中。

"你要干什么？"我开始后悔来到这里。

他不回答，回到我面前，从抽屉里取出了一截儿白蜡烛点燃，在一点烛光之下，周围似乎更加黑暗了。渐渐地，除了烛光以外，我什么都看不到了，眼前仿佛被蒙上了一块黑布，布幔的中心画着一块小小的白点。这个白点在慢慢地移动着，忽左忽右，像是风，又像是一只上下左右移动着的人的眼睛，是的，我瞬间觉得这像一只眼睛，只有一只，不是一双。我仿佛能从其中看出它长长的睫毛，还有黑色的眼球，明亮的眸子，最中间是一个黑洞般的瞳孔。这瞳孔深邃幽远，像个无底洞，也像一口深深的水井，没人知道它的尽头，也许它通向我的心灵。

"你看到黑洞了吗？"一个声音在我耳边响起，"黑洞——物理学意义上宇宙中的黑洞是吸收一切物质的，黑洞附近的空间和时间都是扭曲的，甚至可以说是颠倒的，我们可以从中看到过去发生的事。所以，所有的超自然现象都可以在黑洞中得到解释。"

我说不清自己现在是闭着眼睛还是睁着，只觉得自己像一个盲人，什么都看不到，世界对我来说是不存在的，只有那以一束光的形式出现的眼睛。那是谁的眼睛？是男人的还是女人的？我见过这只眼睛吗？这只眼睛已经牢牢地印在了我心里。

我还看到了这只眼睛在变化，充满了忧伤的眼神，它注视着我，我可以把它想象成一个独立的人，他（她）在用眼睛跟我说话，我觉得我们之间可以达成某种交流，在这个意义上，眼睛就等同于嘴巴，甚至可以说，眼睛就是人的全部。

我快被这只眼睛征服了。我已经开始丧失"我"的意识，我快没有"我"了，我会和这只眼睛合而为一。我就是它（他、她），它（他、她）就是我。

不！我不愿意。

我猛然睁大了眼睛，大喊一声："让我走！"

忽然，那只眼睛消失了，只剩下一支点燃的蜡烛，还有一个拿着蜡烛的人影。我摇了摇自己的头，辨清了方向，冲到窗前，拉开了那厚重的窗帘。阳光像决堤的江水一样冲进了房间，我沐浴在阳光里喘息着，像一只野兽，我这才发现自己流了许多汗。

"你不该打断我对你的治疗。"莫医生平静地说，但他的语气好像没有责怪我的意思。

"对不起，我承受不住你的这种治疗。我太脆弱了。"

"不，你是过于坚强了。"

"我能走了吗？付多少钱？"我急于摆脱这家伙。

"你当然可以走，我这里一切都是自愿的。至于钱，治疗没有结束，我不收钱。"

我"噔噔噔"地冲下楼梯。楼下那个接待的女孩不见了，她的那张似曾相识的脸又浮现在我心里，她去哪儿了？我又回到了楼上，推开门，却看到那女孩正在和莫医生说话。

"还有什么事？"医生微笑着问我。

"没，没什么。"我木讷地回答。

"你是在找她吧。"

我尴尬地笑了笑。

"Rose，你还是送送这位先生吧。"

原来她叫 Rose。她一言不发，却面带微笑地送我下了楼，走到门外的巷子中，这时她才轻轻地说："你真行。"

"为什么这么说？"

"不为什么。"她神秘兮兮地说。

"难道刚才他给我治疗的时候你也在房间里？"

她抿着嘴却不回答，做了一个奇怪的眼神，那眼神刹那让我想到了刚才在"治疗"的时候看到的那只神奇的眼睛。难道那不是烛火，而确确实实就是她的眼睛吗？

　　"别胡思乱想了，下次再来吧，我等着你。"

　　我向她道了别，走出几步以后回头再看，她却已经不见了。

　　那只眼睛——是她的左眼还是右眼？或者都不是？

　　我突然仿佛看到了自己的眼睛。

THE VIRUS
元 旦

今天是 21 世纪的第一天，当许多人在高楼大厦顶上或者是郊外海边顶着寒风迎接新世纪第一缕曙光的时候，我正在床上做梦。

我这个人常常做梦，尤其是在清晨即将醒来之前。说来不可思议，有时候我会在梦中意识到自己是在做梦，从而甚至会导演自己的梦，像指挥一部电影一样，让梦朝着自己想象的那个方向发展。而梦自身却有一种抵抗力，这种抵抗力来自我意识之外的地方，常常使我在梦中遭遇意料不到的事，从而搅了计划中的好梦。

我梦见了那束烛光，烛光变成一只眼睛，飘忽不定，让我突然悟出了什么。这回我终于战胜了意识外的自己，把自己从梦里拉了出来，我醒了。

我仔细地回味着梦中的眼睛，平安夜的晚上，陆白自杀以后，警察在盘问黄韵的时候，我听得很清楚，她说陆白在跳江前好像看到了什么东西，其实什么都没有，而陆白的视线却忽左忽右地飘移着，那么他看到的那个东西（假定他的确看到了什么东西）也是和我昨天在心理诊所看到的烛光（眼睛）一样是飘忽不定的。就像风，我们虽然看不到风，但风卷起的东西却能让我们看到风的轨迹，也许这就是原理，陆白看到的东西可能真的存在，只是我们无法看到罢了。

吃完早饭我匆匆出门，才早上七点多，元旦清晨的马路上非常冷清，没什么人，我下到了地铁站。赶到站台，一班地铁刚刚开走，四周只有五六个人，我坐在椅子上看着对面的广告。

一个男人走到我旁边坐下。他四十出头，人很高，仪表堂堂，穿一件大衣，里面是黑色的西装，手里拎着一个黑色的公文包。全身收拾得干干净净的，也许是个高级白领，今天还上班吗？他面无表情地坐着，直视着前方。

耳边响起了地铁驶来的声音。

那男人忽然抬起头看了看天花板，然后把头低下，接着转到我的方向，几乎与我面对面，我可以看清他的眼睛，他的眼神似乎是茫然的，他在看什么？我回头看看四周，没有什么，后面只有自动扶梯。我再回过头来，却看到他站了起来，三步并作两步，径直向前面走去。

地铁即将进站了。

"危险！"我站了起来。

他无动于衷，竟然真的跳下了站台。

列车进站了。

紧急制动来不及了。一阵巨大的声响刺耳地响起，我仿佛听到了人的骨头被轧碎的声音。地铁以其巨大的惯性碾过了这段轨道，最后几乎和往常一样地停了下来。

在这瞬间我的表情难看到了极点，好像被列车碾死的人就是我。我抬起头，什么都看不见，我用力地揉了揉自己的眼睛，我的眼睛没问题。

他看见了什么？

THE VIRUS
1月5日

我去找叶萧。

我已经好几年没见过叶萧了，他是我的远房亲戚，我到现在都没搞清楚我们这个大家族里名目繁多的亲属称呼，所以我还是习惯直呼他的名字。他是知青的后代，小时候寄居在我家里，我们一块儿玩大的，后来他上了北京的公安大学，我们就再也没有见过面，只偶尔通通电话罢了，据说这是因为他受到了某些特殊的技术训练，所以学习期间是与外界隔离的。昨天我见到了妈妈，她告诉我叶萧已经在几个月前回到了上海，在市公安局信息中心工作。

他现在和我一样，一个人居住，他租的房子不大，但很舒适，房间里最显目的就是一台电脑。他身体瘦长，浓浓的眉毛，眼神咄咄逼人。但现在他有些局促不安，给我倒了些茶，我很奇怪，他知道我是从不喝茶的。

是的，叶萧的确变了许多，他变得沉默寡言起来，一点都不像小时候了，那时候他非常好动，总是做些让人意想不到的事，常常在半夜里装鬼吓唬别人。

"你怎么了？"我轻轻地问他。

"没怎么，我知道你为什么来找我。"

于是，我把最近遭遇的所有的怪事全说给了他听。他紧锁起了眉头，然后轻描淡写地说："没事的，你别管了，忘了这些事吧。"

"不，我无法忘掉，我的精神快承受不住了。"

"真的想知道更多？"叶萧问我。

"求你了。我们从小一块儿玩大的，我从没求过你的。"

他犹豫了一会儿，最后轻叹了一口气，从抽屉里拿出了张软盘，塞进了他的电脑："算是我违反纪律了。"他打开了 A 盘里的文件，出现了一排文字和图片——

　　周子文，男，20 岁，大学生，12 月 5 日，在寝室内用碎玻璃割破咽喉自杀身亡。

　　杨豪，男，28 岁，自由撰稿人，12 月 9 日，在家里跳楼自杀身亡。

　　尤欣心，女，24 岁，网站编辑，12 月 13 日，在公司厕所中服毒自杀身亡。

　　张可燃，男，17 岁，高中生，12 月 17 日，在家中割腕自杀身亡。

　　林树，男，22 岁，待业，12 月 20 日，在家中跳楼自杀身亡。

　　陆白，男，28 岁，公司职员，12 月 24 日，在浦东滨江大道跳黄浦江自杀身亡。

　　钱晓晴，女，21 岁，大学生，12 月 28 日，在学校教室中上吊自杀，被及时发现后抢救回来，但精神已经错乱，神志不清，现在精神病院治疗。

　　丁虎，男，40 岁，外企主管，1 月 1 日，跳下地铁站台，被进站的地铁列车轧死。

汪洋海，男，30岁，国企职员，1月3日，独自在家故意打开煤气开关，煤气中毒身亡。

每个人的旁边附着一张死后的照片，有的惨不忍睹，有的却十分安详。当我看到林树和陆白的照片时，心中涌起一阵说不出的滋味。

"今天下午我刚刚编辑好这些资料，已经上传给公安部了。这是最近一个季度以来，全市所有动机不明的自杀事件。"叶萧的语气却相当镇定。

"动机不明的自杀事件？"

"是的，这些人根本就没有自杀的理由。自杀者，通常情况下是失恋、失业、家庭有矛盾、学习压力大、工作压力大，或者经济上遭受了重大损失，比如股市里输光了家产等等，再一种极端就是畏罪自杀，总之是他们自以为已经活不下去了，死亡是最好的解脱。但是，最近发生的一系列奇怪的自杀事件恰恰与之相反，他们的生活一切正常，有的人还活得有滋有味，死者的亲友也说不清他们为什么要自杀。而且时间非常集中，短短一个月，就有九人自杀了，这还不包括的确事出有因的自杀者，或者甚至那些所谓的'原因'也不过只是他人的猜测。在过去，本市几乎从未发生过这种事，按这种趋势发展，很可能还会有更多的人自杀。"

"你认为这些自杀事件有内在联系吗？"

"非常有可能，但现在还没有任何证据证实。据可靠的消息，最近几周，其他省市也有此类事件发生。"

"天哪，全国性的？那国外呢？"我立刻联想了起来。

"暂时还没有报道。"

"那么警方也没有什么具体的线索吗？对了，不是有个女大学生没死吗，她那儿能问出什么？"

"没有线索，女大学生被救活以后，完全疯了，什么人都不认识，非常严重地精神失常，精神病院的医生用尽了各种方法依然没有疗效。"

"简直是匪夷所思。"

"虽然死者相互间都不认识，包括你的同学和同事，但据我们调查，他们生前都有一个特点——他们全都是网民。"

"真的吗？"我有些震惊。

"你可以注意到，他们的自杀，就像得了传染病一样，接二连三地，是那么相似，却什么原因都查不出。在生物界，这种传染病来源于细菌和病毒，我个人猜测，也许存在一种病毒——使人自杀的病毒。"叶萧说到"病毒"二字时加重了语气。

我有些蒙了，难道真有这么可怕？！我盯着电脑屏幕，那些死者的脸正对着我，我真的害怕了，我害怕从这里面看到我自己。我又看了看叶萧，然后自言自语地念叨起了"病毒"。

病毒？

THE VIRUS
1月6日

今天我正好休息，电话铃突然响了，搅了一个难得的懒觉。我拎起了听筒，却听不到声音，过了十几秒钟，电话那头出现了呼气的声音，越来越响，就像蛇在吐着芯子，越往那方面想象我就越毛骨悚然。难道是……还好，那头突然开始说话了，终止了我那无边无际的可怕想象。

"喂，你好，我是心理诊所的莫医生。"

莫医生？我睡得迷迷糊糊的，刚才又被他一吓，停顿了许久才想起了那个所谓的心理医生。

"哦，原来是你，刚才怎么回事，那种怪声音？"我希望他回答电话有毛病。

"对不起，吓着你了，那个嘛，也没什么，是我在考验你的意志。"他说话的声音有些抖，也许在笑话我呢，或许这根本就是一个恶作剧，真讨厌。

"拜托你下次不要再开这种玩笑。打电话给我什么事？"

"按照我给你制订的治疗计划，你今天早上应该来诊所接受治疗了。"

"你给我制订的治疗计划？我可没有说我要继续治疗，更没说制订什么计划。"

"但我知道你需要治疗，我不骗你，你真的非常需要，否则的话你会很危险的，你明白我说的意思。而且现在我不收你钱，等我认为你治疗成功以后再结账。"

"到时候就宰我一刀，是不是？"其实我说话是很少这么冲的，但实在有些气愤，他凭什么说我一定有病！

我刚想说拒绝的话，电话那头的他却抢先说话了："其实，是Rose 提醒我要给你打电话的，不然我还真有些忘了。"

Rose，我的脑海里迅速出现了那张脸，"Rose ——"我轻轻地念着。

"你说什么？"

该死，让他听见了。

"对不起，我是说，我马上就去。"

"那好，我等着你，再见。"他挂了电话，那头"嘟嘟嘟"的声音让我完全清醒了过来。我看了看钟，天哪，七点钟还没到，莫医生不会是工作狂吧。

我费劲地爬了起来，磨磨蹭蹭地到了八点钟才出门。半小时以后，我到了诊所，进门又看见了那个叫 Rose 的女孩。

"早上好。"她向我打招呼。

"早上好。"我低着头回答，却不敢多看她，好像欠她什么似的。

"非常不巧，刚才已经有几位患者来治疗了，你是不是先在这里等一会儿……"。

"哦。"木讷让我说不出话来，尤其是在她面前，我只能呆呆地站着。

"请坐啊。"她指着一排椅子。

我坐了下来，不安地看着天花板，装饰很美，镶嵌着类似文艺复兴风格的宗教画——圣母及其怀中的圣子，还有诸天使，我没想到莫医生还有艺术方面的爱好。

"请喝茶。"Rose 给我泡了一杯茶，我接过轻轻地放在旁边的椅子上。

Rose 弯腰递给我茶的时候，两边的发梢几乎扫到了我的脸上，还有她身上的香味。那种香味实在太熟悉了，是任何人和任何香水都无法复制的，这种香味我只在一个人的身上闻到过，现在她是第二个，那是一种天生的体香，是从肌肤的深处散发出来的。闻到这气味，我像触电一般，立即坠入了记忆的陷阱中，我有些痛苦。

我们一直没有说话，她坐在办公桌前看着什么资料，但我注意到，她好像一直在用眼角的余光观察着我。我意识到了什么，急忙喝了一口茶，味道比我想象中的要好。如果是平时，别人泡的茶我是从不碰的，我知道这不礼貌，但我实在没有喝茶的习惯。

半个小时过去了，这个房间里几乎一点声音都没有，尽管有两个大活人。我可以清楚地听到自己手表秒针的走动声，我终于忍不下去了，也许莫医生压根儿就是在捉弄我。我站了起来，对 Rose 委婉地说："对不起，我能上去看看莫医生的治疗吗？"

她显得有些犹豫，但最后还是点了点头："没关系，请上去吧。"

我轻轻地踩着楼梯上了楼，尽量不弄出声响。我在楼上的那扇门前停了下来，仔细地听着房间里面的动静，好像有人在说话，但听不清。我思量了片刻，没有敲门，而是直接推开了门，我以为还是会像上次一样一片黑暗，但这次不是，充足的光线透过窗户照射进来，房间里一览无余。莫医生还是坐在大转椅上，撇着嘴，像个帝王一样看着地上的三个人。

地上的三个人很奇怪，一个六十岁上下的老头儿，一个三十多岁的女人，还有一个年纪与我相仿的小伙子。他们都盘着腿坐在蒲团上，双眼紧闭，就像是在庙里拜佛，或是和尚打坐。

　　那小伙子正闭着眼睛说话："马路上的煤气灯亮了起来，一些印度巡捕在巡逻，我坐上了一辆黄包车。黄包车轻快地穿过霞飞路，最后在一条小马路边停了下来，我给了车夫一个大洋，这够他拉一天的车了。

　　"我走进一条巷子，看见一栋洋房，我围着洋房转了一圈，现在是晚上十点钟，整栋房子一片黑暗，像个欧洲中世纪的城堡，只有三楼的一扇窗户亮着昏黄的光线。我爬上了围墙，内心忐忑不安，我紧紧地抓着围墙的铁栏杆。

　　"终于翻过去了，我进入了洋房后面的花园，徘徊了片刻，看到三楼有一个人影在亮着灯的窗前晃了一下。于是参着胆子来到洋房的后门前，门没有锁，虚掩着，厅堂里一片昏黑，只有一支小小的白蜡烛发出昏暗的光。我循着这光找到了楼梯，浑身颤抖着走了上去，楼板嘎嘎作响。

　　"三楼到了，月光透过天窗照在我的脸上，我能感到自己额头的汗珠，忽然门开了，昏黄的灯光照射出来，我看见了她的脸。卡罗琳，我的卡罗琳，我握紧了她的手，就像握住了整个世界。她有力的手把我拽进了房间，我可以感觉到她的饥渴难耐，她重重地关上了门——今晚是我们的。"

　　他突然停止了叙述，眉头紧紧地拧在一起，他已经说不下去了。我惊奇地看着他，然后又看了看莫医生。莫医生对我笑了笑，说："别害怕，他在回忆，回忆 1934 年他的一场经历。"

　　"1934 年？他看上去年龄应该和我差不多啊，1934 年我爷爷还是个少年呢。"我难以置信。

　　"我理解你的反应。你难道不知道他刚才叙述的那栋洋房究竟在哪里吗？就是这里啊，就是现在我们所在的房子。半年前，他路过这栋房子，突然感到非常眼熟，虽然此前从没来过这儿。于是，他开始慢慢地回忆了起来，他觉得自己来过这里，是在1934年来的，来和一个叫卡罗琳的法国女人偷情。"

"他有精神病吗？"

"不，他回忆起的是他的前世。他的前世是20世纪30年代上海的一个青年。起初我也不相信他的话，但后来问过当年在这里做过用人的几位尚健在的老人，证实了这栋楼在20世纪30年代的确住过一个叫卡罗琳的法国女人，她的丈夫长期在中国内地经商，于是她在这栋楼里留下了许多风流韵事。而他，是不可能事先知道这些的，所以，我相信他对前世的回忆是准确的。"

"这也是治疗？"

"那当然。好了，下一个。"莫医生俨然在发号施令。

那个老人开始说话了，还是闭着眼睛："夜很深了，送葬的队伍终于来了，一百多个汉子抬着一具硕大无比的棺椁，棺上涂着五彩的漆画，美得惊人。我的眼前是一座山丘，非常规则的四面三角体，这就是秦始皇的陵墓。在直通陵墓的大道两边，分立着数十个巨大的铜铸武士，在黑暗中，一束束火炬点亮了原野。我的眼睛逐渐适应了这里的光线，直到地宫的大门突然开启。我们跟随着伟大的始皇帝的棺椁走下台阶，阴森的黑暗笼罩着我们，我们已经走入了地下，甬道似乎长得没有尽头，四下一片沉寂，只有沉重的脚步声和甲胄的金属摩擦声。我们似乎在冥界的长路上跋涉，突然一扇大门打开了，我们走进那扇门，我感到无数金色的光芒刺进了我的眼睛，我抬起头，揉了揉眼睛，终于看清楚了，我们的头上似乎还有另一片天空，光芒如同白昼，脚下有着另一片大海，用水银做的大海。伟大的地宫，我明白我们进入了伟大的秦始皇的地宫。

地宫里有无数陶俑，成千上万，宛如一支大军，我们小心地穿过它们和遍地黄金的宝藏，在地宫的中心安放好了棺椁。我们向始皇帝行了最后的跪拜礼。永别了，皇帝。最后，我们留恋地看了地宫最后一眼，人生一世，夫复何求？我们离开了地宫，关上那扇门，通过长长的地下甬道，向地面走去。等我们即将回到地面的时候，最后那扇大门却紧闭着，怎么回事？我们用力地敲打着门，呼喊着，但没人理我们。他们抛弃了我们，我终于知道了，我们也是殉葬品。在黑暗中，我平静地等待着死亡的降临……"

"够了。"莫医生打断了他的话，"你说得很好，你的治疗效果很显著。我需要的是细节，你做到了，非常好。"

"他的前世居然是为秦始皇陪葬的士兵，真是太不可思议了。"我插了一句，其实我心里觉得这非常荒唐，这老头儿的想象力过于丰富了，可能有妄想症。

"不可思议的还在后头。女士，现在该你了。"莫医生的嘴角露出了一种暧昧的笑意。

"我不想说。"那女人的回答让我吃惊，但马上心底又暗暗高兴，莫医生这回总算碰壁了。

"我知道，回忆会让你十分痛苦，我非常理解你，但没关系，说出来，你就会减轻自己的痛苦，而且我相信这位年轻人一定会为你保密的。"

他是在说我吗？

"那是一场噩梦，尽管我希望这只是梦，但可惜，那不是，那是我亲身经历过的，在我灵魂停驻过的另一个躯壳里。那是1937年的12月，我在南京。那个冬天，我们一家都没来得及逃走，满城的溃兵挤满了各条道路，我们走不了，只能躲在家里，听着隆隆的炮声由远及近地在耳边响起。第一天晚上什么也没发生，我们在恐惧中度过了一夜。第二天我悄悄地打开了窗户，发现街道上到处都是尸体——中国士兵的尸体，三三两两的日本兵端着刺刀扎入那些还有一口气的中国士兵的胸膛；还有一排排的中国俘虏被他们绑起来，向长江边的方向押去。我胆战心惊地关上了窗户，一家人不知该怎么办才好，突然房门被人一脚踹开，一群日本兵冲了进来，他们端着枪命令我们交出钱财，我们交出了家里所有的现金和首饰，最后，他们还是开枪了，先是我哥哥，他的头部中弹，然后是我的妈妈和爸爸，他们身上中了几十颗子弹，最后是我弟弟，他们命令弟弟跪下来，然后一个人抽出了长长的军刀，砍下了——我弟弟的头。血，全都是血，喷了我一脸，他……对不起，我说不下去了。"女人万分痛苦地说着。

"说下去！"莫医生再次使用了命令式的口吻。

我觉得他很残忍，他似乎非常喜欢听这种可怕的事情。

"是。"她在莫医生的命令下终于服从了，"然后，他们把我摁在了地上，撕烂了我所有的衣服，他们的手上全是血，在我的身上乱摸，然后……"忽然她的双手紧紧地抱住了自己的身体，好像真的有人在撕她的衣服，刚才平静的语气也消失了，而是大声地叫起来："放手！畜生，我求你们了，不要……"

我注意到她的脸上流下了两行眼泪，我不敢相信她是在说谎，又偷偷地观察莫医生，他的眼睛里却放射出兴奋的目光，好像这反而刺激了他的什么感官。

她突然睁开了眼睛，泪流满面地退后了几步，接着，打开门就走了出去，门外传来她急促的下楼声。

"你知道吗？"莫医生靠近了我说，"那些日本人是轮流的。"

"无聊。你不该强迫她回忆那些痛苦的经历。"

"每个人都应该直面痛苦。"他居然还振振有词，然后又对地上的一老一少说："好了，今天的治疗到此为止，你们都很棒，下一个疗程准时来报到。"

一老一少睁开眼睛，走了出去。

"好了，下一个是你了。"现在房间里只剩下我和莫医生两个了。

"我？"

"来吧，坐在地上，干净的，闭上眼睛。"

"不，我不相信这个。"

"你必须相信，坐下。"他又一次用了命令式的口吻，我发觉他的声音似乎有种魔力，也许是他善于虚张声势，我竟真的坐在了地上。他继续说："闭上眼睛，好的，放松些，放松，再放松——"

他居然一口气说了几十个"放松"，我也记不清他说了多久，总觉得自己的确放松了下来，好像自己的身体已经不存在了，思维变成一种独立的东西。最后，我模模糊糊地听到了他的一句话："你已经不再是你了。"

我不再是我了？

瞬间，我好像坠入了坟墓中。

过了不知多久，我睁开了眼睛，莫医生还是坐在我面前，我逐渐清醒过来，看了看，还好，刚刚只过去了半个小时。

"你知道刚才你告诉了我什么？"

"刚才我什么都不知道。难道刚才我说我是皇帝投胎你也信？"

"没错，你对前世的回忆就是帝王的生活。"

"放屁。"这句话我说得非常轻。

"没有错，是你自己亲口说的。"

"那请你告诉我，我的前世是哪个皇帝，秦始皇还是汉武帝？"我真有些气愤了。

"信不信由你。"

"你到底是医生还是巫师？"我有一种揍他的冲动。

"在上古时期，最早的医生就是巫师。"他的回答居然还有理有据，不过我也同意他的这句话，但问题是现在已经是 21 世纪了。我认定他是个骗术高明的骗子，尽管我难以怀疑前面那个女人回忆的真实性，它太像真的了。

"对不起，我走了，今后不要再给我打电话了。"我走出了房间，重重地关上了门。

走到楼下，Rose 对我微笑着说："你好，治疗得怎么样？"

我原本想说"糟糕透了"，但最后还是没说出口，只是含混不清地说："还好。"

我走到了门口，身后传来 Rose 的声音："下次请再来。"

我回过头去，向她点了点头，然后跨出了诊所的大门。又一次呼吸到了新鲜空气，我回头看看这栋三层楼的房子，突然有些害怕。刚走出几步，一个女人的身影从我眼前掠过，有些眼熟，我又加快了几步，虽然只看到背影，但那女人侧了几次头，我看清她是谁了—— 黄韵！

她怎么会在这里？

看得出她刚从诊所里出来，正向马路的方向走去。我先放下了疑惑，走上去叫住她："黄韵。"

"怎么是你？"她显得很吃惊，立刻又恢复了平静，"这么巧，世界真的越来越小了。"

"我是来治疗的。"

"哦，我忘了，是我介绍你来这里的。"

"你怎么也在这里？"

"最近我的心情不太好。"她犹豫了片刻，有些遮遮掩掩。这算是回答吗？她在转移话题："对了，莫医生对你的治疗怎么样？"

"我对他非常失望。"然后我轻轻地说，"他有些装神弄鬼，别对他说是我讲的。"

她笑了笑，我这才注意到她的脸色红润了许多，与上次在咖啡馆里见面的时候相比少了几分憔悴，多了几分姿色。我想起了什么，继续说："上个星期陆白的追悼会上好像没看见你。"

她沉默了一会儿，淡淡地说："因为我太累了。"

"也许是的。"我低下了头。

"你有女朋友吗？"她突然问了我这个问题。

"没有，从来没有过，有什么事吗？"我很奇怪。

"哦，我知道了，没什么，那好，再见。"她理了理头发，披散的头发蓬松柔软，在阳光下发出诱人的光泽，然后她挎着包轻盈地向前走去。

这个奇怪的女人。

我的心里忽然荡起了什么东西。

THE VIRUS
1月7日

　　我根据叶萧给的地址，找到了那家精神病院。穿过一条由高大厚实的砖墙和铁栏杆组成的通道，在强壮的男护工的指引下，进入一间白色的单人病房，病房里散发出一股浓郁的香味，我注意到了床边花瓶里的一束鲜花。

　　一个女孩背对着我坐在床边。

　　"钱晓晴。"护工叫了一声。

　　女孩一动不动，没有任何反应。

　　"她就是这个样子。"

　　"是不是因为自杀时受刺激过多，失去听觉了？"

　　"不，她的听觉很好。"然后护工退了出去。病房里只剩下我和她。

　　我靠近了她，但她似乎毫无察觉。我绕过病床，来到她的面前，我的身体遮住了透过铁栏杆投射进来的阳光。

　　她终于抬起头看我了。她长得并不算太漂亮，眼睛很大，脸色苍白。她盯着我看了半天，然后又低下了头。

"为什么要自杀？"我知道这话人们已经对她问了几百遍了。

没有回答。

"你见到过什么？"我继续问。

还是没有回答。

"你经常上网吗？"

这回她看着我，点了点头。我觉得我可以打破她的沉默，我继续问："你的网名是什么？"

没有回答。

"你上 OICQ[1] 吗？你常上什么网？你是用什么上网的？你喜欢玩什么游戏……"我一连问了她许多个不着边际的问题，但她都没有反应。我有些手足无措了，蹲了下来，盯着她的眼睛，和她对视着。她却努力地避开我的视线，环顾着左右。

"看着我。"我大声地说。

她终于正视着我的眼睛，而且离我很近，我甚至能看清她深黑的瞳孔。片刻之后，她的瞳孔忽然放大了，这让我有些害怕，她的瞳孔越来越大，大得离谱，不对，她可能有生命危险。我刚想叫人，她却终于开口说话了："她——在——地——宫——里。"

我吓了一跳。她的声音非常低，几乎是气声，听着很闷，就像是从地底传出来的。而且一字一顿，让我的后背有些凉意。

"她在地宫里。"我复述了一遍。"她"是谁？"地宫"又代表什么？好像是坟墓里的。我又看了看她的眼睛，她的瞳孔又恢复正常了。

"到底什么意思？"

她却闭上了眼睛。我想我不能再刺激她了，她那放大的瞳孔实在让

---

[1] OICQ：即时通信软件 QQ 的曾用名。

人担心。

　　"对不起。"我离开了病房。

　　精神病院里一片寂静。走出大门，我的脑海里全是那几个字——"她在地宫里"。

THE VIRUS
1月8日

　　我去了林树的家里，他出事以来我还没有去过，因为我害怕再次在那里迷路，但今天一切顺利。

　　我敲开了他家的门，他的妈妈一见到我就哭了，哭得没完没了。小时候我常到林树家玩，他们一家人都和我很熟。林树的父亲和母亲都在，还有林树的姐姐，她嫁到了澳大利亚，这次也赶了回来。林树的妈妈拉着我的手，回忆着林树小时候的样子，还有我小时候，她的记忆力很好，居然把我和林树上小学时一个暑假的下午偷看林树姐姐洗澡的事情还记得清清楚楚。

　　临别的时候，我看到他们家门口零散地放着林树的电脑主机和显示器。林树妈妈看到这些又伤心了起来："我和林树的爸爸准备把林树生前用过的东西全都烧掉，包括这电脑。我们一看到这些东西就想掉眼泪。"

　　我理解她，但突然想起了叶萧对我说过的话，于是我说："阿姨，林树的电脑主机让我带回去好吗？我想留个纪念。"

　　林树的妈妈当然同意了。

晚上回到家，我把林树的主机接到了我的显示器上再打开。他的电脑设置和我的差不多，我打开了他所有的文件夹，都是些普通的音乐文件和资料，内容不多，他自己似乎不太喜欢写什么东西。然后我查看了他的程序，也没什么特别，游戏也是一些平常的，大多数是光盘版的。

接着打开他的网页历史记录，密密麻麻，保存着从12月17日到他死的那天的记录，既有综合性的网站，也有一些他常去的个人网站。我采用最笨的方法，也就是每个历史记录里的每个网页都打开一次。显示屏的光一闪一闪，我的鼠标忙碌地点击着，其中绝大多数网站我都去过，也没什么特殊内容，直到最后打开了一个.net的网站，这个网站我从没来过。更主要是这个网站的名字挺怪，叫"古墓幽魂"，我联想起了《古墓丽影》。不过网上这种哗众取宠的名字也挺多的。

我又仔细地看了看他其他几天的历史记录，每天都有这个网站，而且跟出来一长串的网页，似乎林树曾频繁地登录该网站。我又打开了收藏夹，发现他的收藏夹里也有这个网站，创建时间是12月7日。

点击"收藏"，我进入了"古墓幽魂"的首页。

网页打开的速度出乎意料地快，几乎一眨眼的时间，一片死寂的黑色就布满了电脑屏幕。我的眼睛无法适应这一瞬间的变化，心头"咯噔"了一下。

首页以黑色为主，夹杂着黄色和红色的线条。最上方是一个古典风格的宫殿屋顶的图案，金色的瓦片是整个页面的亮点。屋顶下悬着一个匾额，匾上写着四个工整的楷体字：古墓幽魂。

在首页中间的一长条分隔成许多可以点击的框框，居然全都设计成了墓碑的图像，灰色的墓碑，每个墓碑后面是一个巨大的坟丘。墓碑上刻着黑色的楷体字。从上往下第一个墓碑上刻着"秦汉古墓"，第二个刻着"魏晋南北朝古墓"，第三个刻着"隋唐古墓"，第四个刻着"宋元古墓"，第五个刻着"明清古墓"。也许是一个研究古墓的历史爱好者的个人网站吧。

首页左面是一具骷髅，在又窄又长的空间里，这个骷髅的图像被做了拉长的处理，看起来就像是一个极其瘦长的篮球运动员的骨骼。更引人注目的是骷髅的嘴还在一张一合，从它的恐怖的嘴里不断冒出白色的烟。这些白烟在页面上游荡着，渐渐变成了一行白色的字——盗墓者的天堂。

首页的右面是一排排文字，最上面是今天的日期，没有写 2001 年 1 月 7 日，却标着庚辰年十二月十三日，应该是农历。下面依次为"您是第 35215 名访问者""在线人数 187 人""放入收藏夹""古墓幽魂留言板""古墓幽魂聊天室"。但没有看到站长信箱，也没有发现其他网站的链接。

我点击了第一块墓碑，立刻弹出一个新窗口，新页面最上面还是和首页一样的屋顶和匾额，以黑色为主的风格，下面依此是一排排可点击的文字——殷墟古墓、两周古墓、秦始皇陵、汉皇陵、马王堆汉墓、中山靖王墓。在右上角依然有"古墓幽魂留言板"和"古墓幽魂聊天室"的图标。

我打开了"殷墟古墓"的新窗口，最上层依然与首页一样，内容是一段介绍殷墟墓葬及远古人类丧葬习俗和相关考古的文章，这类文章我平时也看过很多，没什么特别的。我关闭了这一窗口，接着又打开了"秦汉古墓"里其他的内容，全是古墓的介绍，我曾有一段时间对这种东西很感兴趣，现在却没什么感觉了。

接着，我依次打开首页上的"魏晋南北朝古墓""隋唐古墓""宋元古墓"。都和前面那个一样，是各朝代中国古代墓葬的介绍，最多附几张考古发现的图片。真奇怪，像这种内容的个人网站不可能有那么高的访问量。

最后打开"明清古墓"。这个网页与前几个不同，它的左面有一个和首页那个相同的骷髅。忽然骷髅的嘴张开了，依旧吐出一团白烟，白烟也变成了一行字——你离她越来越近了。与首页不同的是，这行字越来越大，越来越大，一直到覆盖整个网页，最后屏幕上全是那个白色的"她"字。

这突如其来的变化让我的心"怦怦"地乱跳，还好，"她"字只持续了几秒钟就消失了，网页又恢复到刚打开时的状态。我想也许是这站长喜欢吓唬别人，也有可能是一种暗示。暗示什么？那个瞬间变得巨大无比的"她"字又代表什么？"她"是谁？我开始产生了兴趣。

这个网页的中间还是一列各种古墓的提示：明十三陵、定陵地宫、清西陵、清东陵。

我打开"明十三陵"，发现还是介绍性的文字，虽然详细，却没什么新东西。"定陵地宫"和"清西陵"两个新窗口也一样。原来又是故弄玄虚！

我打开了最后的"清东陵"。新窗口快速地打开，出现了一片白色，渐渐地，我看清了那个白色的字——她。还是"她"？但"她"又迅速地变小，最后变成了类似普通的三号字大小的楷体字，后面还跟着跳出几个字，连在一起是——她在等着你。接着，这些字就消失了，又变成了类似首页风格的黑色网页。

谁在等着我？

网页中间是一长列灰色的大门，大门上镶嵌着一个个铜钉。第一扇大门上写着"孝陵"。下面的各个大门上依次写着"景陵""裕陵""定陵""定东陵""惠陵"。

我点击了第一个叫"孝陵"的大门，新窗口一片空白，什么也没有。

点击第二扇大门"景陵"，新窗口显示出了一幅图像，是一个清朝皇帝身着龙袍的画像，就像我们在电影里常看到的悬挂在圆明园或是其他宫殿里的清朝历代皇帝像，非常细致的工笔画，目光炯炯有神，可能吸收了西方写实绘画的技巧。

第三扇大门"裕陵"，还是和第二个类似的画像，这一张皇帝的脸孔与前面一张虽然相像，但依然可以看出是两个不同的人。

第四扇大门"定陵"，还是一个皇帝，看上去要比前面两个都年轻。

第五扇大门"定东陵"，出现的不是皇帝，而是一个身着清宫盛装的中年女人，尖尖的脸，眼睛不大但目光异常锐利，紧抿着嘴，面无表情，不怒自威。这个女人给我的感觉是恐惧。难道她就是"她"？

我点击了最后一扇大门——"惠陵"。

新窗口里又出现了一个皇帝的画像，但这个皇帝看上去非常年轻，只有二十岁左右的样子。没了吗？我正要关闭这窗口的时候，皇帝的嘴巴却突然张开了，从他的嘴巴里，跳出了一行白色的楷体字——她在地宫里。

又是"她"，还有"地宫"，听着好像是下到了坟墓里。我突然想起昨天在精神病院里钱晓晴唯一说过的一句话——"她在地宫里"。和这个一模一样，这之间一定有关系，她很可能也来过"古墓幽魂"。

从"明清古墓"开始"她"就出现了，一直到这里，也许站长一直在提醒着我，给我种种暗示，引导着我。这行字是可以点击的，于是我点了"她"。

新页面中间还是一扇灰色的大门。大门上隐隐约约地飘浮着几个白色的字——进入地宫。我点击了大门，出现了一个新窗口。

新窗口一分为三，最下面大约四分之一的空间是可滚动的对话框，其余四分之三的空间又被一条从上到下的直线一分为二。左面是一个像地形图一样的图像，画着密密麻麻弯弯曲曲的线条，被一层黑色的雾笼罩着；右面则是一条正对着我的地道，可以看到四周黑色的墙壁和正前方一束微弱的光，或许这就是坟墓中的地宫了。

我用鼠标点了点，似乎没什么用，于是又试着用了方向键。地道里的图像发生了变化，墙壁和地面在向后退，我按的是前进键。我明白了，通过方向键，我就能模拟在地道中行走。我继续向前，出现了一堵黑色的墙，于是又按了左键，转了一个弯，前面又有了一条路。我看了看左面的地形图，地形图的右下角出现了一方空白，尽管和整个地形图的黑雾比起来微不足道。

原来这是一个迷宫游戏。我玩过类似的游戏。

忽然，下面的对话框里弹出一行字——叶萧：别玩了，快点下线。

怎么会是他？我也在下面输入了我的网名，随便设置了一个密码，然后打了几个字：叶萧，真的是你吗？

叶萧：没错，就是我。

我：你怎么会知道我在这里？

叶萧：我是公安局的嘛，听我的没错，立刻就下线。

我：为什么？

叶萧：不为什么，算是我命令你的。

我：好吧，听你的。

叶萧：太晚了，快睡觉吧。

我：再见。

我终于下了线。关上电脑，关掉所有的灯，拉上厚实的窗帘。躲在黑暗中，想象着自己变成了一个盗墓者，闯进了阴暗神秘的地宫，那是一个死亡之地。而在地宫里，有一个她，正在等着我。

她是谁？

THE VIRUS
1月10日

我再次找到了叶萧。他依旧是一副心事重重的样子。

"根据医院的记录，你去精神病院看过钱晓晴？"他的语气好像是在责备我。

"是的，不可以吗？"我生硬地回答，他管得太多了。

"就在你离开以后的当天晚上，钱晓晴在病房里吞下了一把私藏的剪刀自杀，因发现太晚而没有抢救过来，她死了。"

"你说什么？"我突然有了一股巨大的内疚感，我不知道我去看她与她的再度自杀有什么关系，但她说的那句话却让我感到了一种深深的恐惧，而她在说完这句话的晚上就离开了人世，也许我真的不该去看她。

"她死了，你为什么去看她？她和你没有任何关系，你的介入完全是多余的，听懂了吗？"他似乎真的有些愤怒。

"对不起。我真的没有想到会有这种结果。"我低下了头。

"你以后不要再上'古墓幽魂'了。"他的语气终于缓和了。

"为什么？"

"这是为你好，我暗中做过调查，在那些不明不白的自杀者中，凡是有电脑记录的，都显示他们曾频繁地去过'古墓幽魂'。"

　　"果然如此，那你做过对'古墓幽魂'的 IP 地址的追查吗？应该可以找到服务器和站长的。"

　　"通常情况是这样，通过我们局里的技术手段找到站长应该是很快的，只要'古墓幽魂'的服务器是在国内。但出乎意料，即便运用各种先进的技术手段，通过 IP 地址或其他什么线索，我也没能找到。这非常奇怪，从技术角度来看，这是不可能的，但似乎所有的技术手段对'古墓幽魂'来说都无效。"

　　"也许是服务器在国外。"

　　"即使在国外也有办法解决，但问题是这个服务器肯定在国内，而且很可能就在本市。"叶萧摇了摇头，轻叹了一口气，"也许站长拥有比我们更先进的技术手段，先进到我们根本就无法想象他能有怎样的办法阻挡我们的调查。"

　　"是的，这个网站很怪，首先速度快得惊人，即便容量再大的网页，包括那些复杂的图像，也能在瞬间完全传输显示；而且有许多移动的字，同一网页的内容不断改变；最奇怪的就是最后那个迷宫游戏，无须下载就可以玩。站长一定用了非常先进的软件和系统。"

　　"对，总而言之，你不能再上这个网站了，你父母就你一个儿子，我不希望看到你有什么意外。这世界上有许多事情是很难说的。"说着，他拍了拍我的肩膀。

　　我明白他是一片好意："那你呢？还要调查吗？"

　　"我不知道，其实我做的这些调查都是个人在私底下做的，我也很担心。至少我不想再上'古墓幽魂'了。"他突然停顿了下来，我可以从他的语调里听出一丝恐惧，尽管极其细微，难以察觉，但他或许真的害怕了。

"你变了。"我觉得他已经不再是过去对一切都无所畏惧的叶萧了，他变得顾虑重重，小心谨慎。他去北京念书的几年来，我们从没见过面，时光的确容易改变人。

"你已经不了解我了，因为……算了，不早了，早点回家睡觉吧，记住，不要三更半夜地上网，对身体不好。"

"谢谢。"

当我走出他的门口，他还在后面提醒着我："记住，别再上'古墓幽魂'了。"

我向他挥了挥手，告别了他。

"她在地宫里。"

黑夜寒冷的马路上，我的耳边全是这句话，低沉的气声，一字一顿，如丝如缕，始终纠缠着我。而对我说这句话的女孩，已经躺在了太平间里。

THE VIRUS
1月15日

　　无聊地度过了好几天，我没有再上"古墓幽魂"，甚至连其他网站也很少去了，只是独自在家看书。叶萧不让我上"古墓幽魂"，我相信他有足够的理由，尽管我无法想象进入某个网站会有直接的生命危险，但那么多人无缘无故地自杀却是事实，尤其是我的老同学林树和同事陆白。虽然他们之间互不相识，但他们与我那么熟悉，死得又是那么突然，那么匪夷所思。

　　我第一次觉得自己离死亡是那么近，过去我总认为死亡是别人的事，对于我来说是遥不可及的，但我错了，我发现自己正在面对它。

　　突然想起小时候有一回，奶奶生急病送到医院里，暂时没有进病房，留在内科急诊室，我们一家都陪在她身边。急诊室里还有好几个重病的，有一个老头儿，躺在可移动的担架床上，没有一个人陪伴他，孤独地吊着盐水，医生从他身边来来往往，没有一个看过他，据说他很快就要死了，他们是在等着他要死的时候给他做一下象征性的抢救。急诊室里忽然又送进来一个人事不省的女人，她的家人说她刚吃了整整一瓶的安眠药，医生立刻给她洗胃，好像依然没什么用。接着，一群人背着一个男

047

人冲了进来，一个女人哭哭啼啼的，医生抢救了几下就说准备后事吧，女人立刻瘫软了下来，叫嚷着"他还小呢"。我在急诊室里陪了一晚，这一晚有三个人在急诊室里死去，我看着他们死去，一个个死得很平静，在几乎完全没有知觉的情况下离开人世。三具躯体干枯了，从生命变成了某种物体，即将被发一张死亡证，送到太平间，再在几天后运到火葬场焚尸炉。死亡是什么？我开始重新考虑这个小时候考虑过的问题。

想着想着，我开始发起抖来，又想起了叶萧说过的话——病毒。病毒是会传染的，我与那些自杀者是那么亲近，差不多已陷进去了，我会不会被传染？但我更想知道真相。这个愿望要强于我的其他任何愿望。我在犹豫了片刻之后，终于打开电脑，进入了"古墓幽魂"。

我再一次仔细地观察了首页，浏览数显示为："您是第45015名访问者""在线人数279人"。我记得上次看到的还是三万五千多人次，没想到几天之内就增加了将近一万，在线人数也比上次多。这意味着有越来越多的人来到这里，或者说是越来越频繁。一个小小的个人网站竟有如此大的能耐，真不知道它使用了什么方法。

我想起上次自己没有进入古墓幽魂留言板和聊天室，于是点击了留言板。还是黑色的风格，但格式与一般的留言板和论坛没什么两样，只是没有管理员的名字和信箱。我仔细地看了看那些留言的标题，千奇百怪，无所不有，比如"马王堆古墓西汉女尸的尸检报告""我爱上了埃及木乃伊""请问谁知道忽必烈的坟墓""阿修罗，今夜我们去盗墓"。我注意到一页里大约有30条留言，页面最下面的留言时间为"1月15日02: 53"。最近的一条留言离现在不到20分钟。每条留言的点击率都很高，最多的一条有189次点击，最少的也有30次。

我打开了一条标题为"棺材板里的爱情"的留言。内容很长，至少有两三千字，粗略地看了看，居然是一篇原创小说，发帖人为"黑白无常"，不知道是他写的，还是转帖的。小说写得还不错，看着让人的背脊凉飕飕的。后面还有几个跟帖——"太棒了！""黑白无常我爱你。""我在午夜看完了这篇帖子，但还好，没有发作心脏病，黑白，你的功夫还不到家，下次要争取让我心肌梗死。"我暗自笑了起来。

也许我也能留言，于是点击了"发表留言"，用我上次在与叶萧对话时注册的网名发了一个帖子，题目为"这里谁认识三棵树和白白"，三棵树是林树最常用的网名，白白是陆白的网名。然后写内容：三棵树和白白已经自杀身亡了。

留言发出以后，我暂时离开留言板，照着上回的次序进入了"明清古墓"，又见到了那些字——你离她越来越近了。再进入"清东陵"，和上回一样又出现了"她在等着你"。然后进入最下面的"惠陵"，还是那年轻的皇帝，从他的嘴里吐出了"她在地宫里"。我又想起了在精神病院里听到的那女大学生低沉的气声，好像这声音立刻就要从我的电脑音箱里发出来一样。

我轻轻地吐了一口气，手指突然有些僵硬，好久都没有按下去，仿佛真的要打开"地宫"似的。这应该是每个人共通的心理，也就是对于未知和黑暗的恐惧，也许所谓的地宫里什么都没有，根本就是故弄玄虚，连同所谓的恐惧多半也是自己吓自己。我不停地自我安慰着。够了，我不能再受叶萧那些话的束缚，他已经失去勇气了，我现在要把自己想象成一个盗墓者。对，我现在就是来盗墓的，该害怕的是地宫里藏着的东西。

进入地宫。

我发现这个迷宫游戏还停留在我上次操作的进度，原来系统会自动存储进度。我按着前进键，又是一堵墙，但左面和右面都有路，是个三岔路口，我选择了左面，前进了一会儿，地道的右面多了一个出口。我选择了拐弯，这条路很长，我的手按着向上键不放，似乎感到自己已经奔跑了起来，在一片黑暗的地宫中，向着前方的一线微光而去。

突然，我听到了脚步声，没错，我真的听到了，好像就是自己的脚步，那种在很闷的封闭环境中急促的脚步声，在寂静的坟墓里似乎传出很远，声音碰到墓壁上又弹回来发出回音。我放开了紧按着键盘的手，那脚步声忽然消失了，我再按了下去，脚步声又响起来了。我再一下一下停顿地按键，这声音就是一下一下的，就像是我平常走路的声音。我又把头靠近了电脑，这才发现原来是音箱里发出来的声音，这种随着鼠标或键盘而发出的声音在游戏中并不稀罕，虽然是虚惊一场，但这声音的确太像是真的了，简直是纪录片里的同声录音，让人有身临其境的感觉，完全不同于我们通常听到的电子音效。

在似乎是自己的脚步声里，我继续前进，逐渐地，前方的微光越来越亮了，突然又暗了一些，我见到在前面出现了一个黑影，黑影越来越大，在微光下，变成一个人形。直到我冲到那个"人"面前，我仍看不清他的脸，好像是个男人的身形，我决心继续前进，但按下前进键却没有反应，我知道他堵住了我的去路。他却在继续往前走，而我发现自己在不由自主地后退。

下面的对话框里突然出现了一行字——

叶萧：别想从我面前过去，快后退。

怎么又是他？难道游戏里的那个"人"就是他吗？居然会有这种互动形式的游戏，他怎么会知道是我呢，又是他的技术手段？好吧，我不跟他斗了，我识趣地后退了，而"他"还停在原地。我听着自己的脚步声，直到"他"的人影越来越小，消失在那一线微光中。

我关掉了游戏窗口。

离开"地宫"，又打开了留言板。我看到刚才发的那条帖子下面跟了一条回复，回复的标题居然是我的名字——不是我留言的网名，而是父母赐给我的真名实姓。我大吃一惊，居然有人认识我，该不会是叶萧的回复吧？我看了看署名，不是叶萧，而是——黄韵。这令我更加震惊。

回复的内容——是你吗？陆白曾经告诉过我你最常用的网名。欢迎你来到"古墓幽魂"，到聊天室来找我，我在"古墓幽魂"里还是叫黄韵，我等你。

居然是她，也许情况要比想象的还要复杂得多，甚至可以说糟糕得多，我越来越糊涂了。我不由自主地打开了首页里的"古墓幽魂聊天室"。

和普通的聊天室一样，只是用了黑色的背景，白色的字。看着很吃力。在线的名字有一长串，各式各样，五花八门。我在最下面找到了"黄韵"，她抢先和我说话了——

黄韵：你好。

我：你好。

黄韵：你认识三棵树？

我：他是我最要好的朋友，他的自杀和陆白类似，无缘无故，我是从他的电脑里查到"古墓幽魂"才上来的。

黄韵：三棵树常在我们这儿发言，我也和他聊过的。

我：真的？那你从他的发言里看出过他有自杀的预兆吗？

黄韵：从没有。

我：那陆白呢？他也常来这里吗？

黄韵：是的，但他也没有自杀的预兆。

我：上次为什么不告诉警察？

黄韵：告诉什么？

我：告诉他们陆白和你常来"古墓幽魂"，这也许对调查有帮助。

黄韵：你认为"古墓幽魂"与陆白的死有关吗？

我：也许是的。

黄韵：别开玩笑了。

我：据我所知，最近有许多人像陆白那样不明不白地自杀了，他们都来过"古墓幽魂"。

黄韵：不要危言耸听。

我：请相信我，不要再来这里了。

黄韵：其实，我已经决定大年夜以后就不上网了。

我：为什么？

黄韵：这个你用不着知道。

我：还有，你和陆白平时在"古墓幽魂"里看了些什么？

黄韵：好了，别问了，今天不早了，我最近大大缩短了上线的时间，现在要下线休息了。

我：对不起，可我想知道。

她没有回答，我等了许久，才发觉她真的下线了。她好像在逃避什么。接着我也离开了聊天室，回到留言板里，却找不到我刚才发的那则帖子了，发出来才一个小时不到，不可能掉到下面去的，我在留言板里翻了好几页，还是没有。而前面我看到的其他帖子都安然无恙，只单单少了我的帖子，唯一的可能性就是——我的帖子被版主删除了。可为什么呢？我无法理解，索性离开了"古墓幽魂"，这里果然是一个是非之地，也许我应该听从叶萧的话。

我闭上眼睛，把头靠在椅背上，脑海里浮现出了黄韵的脸。我回忆着最近几次看到她的情形，滨江大道、咖啡馆、心理诊所门外，每次都给我以疑惑。这个漂亮的女人的确不一般，我开始胡思乱想，也许她知道陆白自杀的内情，也许她什么都知道，却又出于某种原因无法说出来，甚至有没有可能——她就是地宫里的"她"？我不敢想象了。

脑子里越来越乱，我关掉了电脑，在胡思乱想中入眠了。

我梦见了黄韵。

THE VIRUS
1月16日

从梦中的挣扎中挣脱出来，我的眼前全是黄韵的影子，我忘了，忘了我梦见了什么，只记得黄韵的脸。我从来没有在梦中出过这么多汗。我突然有些内疚，因为我想到了陆白。

我起得很早，脑子里全是"古墓幽魂"。我仔细地回想了一遍前面两次上"古墓幽魂"时的情景，首页里的几个墓碑其实没什么特别的内容，只有最后一个"明清古墓"里有"你离她越来越近了"。"明清古墓"中的"明十三陵""定陵地宫""清西陵"，也全是介绍性的文字，只有打开"清东陵"以后才出现了"她在等着你"。"清东陵"里是"孝陵""景陵""裕陵""定陵""定东陵""惠陵"。"孝陵"里是一片空白，"景陵""裕陵""定陵"里各是一张清朝皇帝的画像。"定东陵"里则是一个清宫盛装的中年女人。最后的"惠陵"里又是一个年轻的皇帝，出现了"她在地宫里"的字样，接着就进入"地宫"开始玩迷宫游戏了。

为什么一定要放在"明清古墓"的"清东陵"里的"惠陵"呢？这中间一定是有关系的，也许可以从这里入手得到什么线索。在"古墓幽魂"

里对其他古墓都有详尽的介绍，但对清东陵，除了"她在等着你"以外却一个字也没有介绍。

于是我进入了一家有名的搜索网站，键入了"清东陵"，开始搜索。果然找到了一些文字介绍——

清东陵坐落于河北省遵化市马兰峪境内，始建于顺治十八年（1661年），占地八十平方公里，整个陵区以昌瑞山为中心，陵区南北长约十二点五公里，东西宽约二十公里。由五座帝陵、四座后陵、五座妃园寝、一座公主陵组成，埋葬着顺治（孝陵）、康熙（景陵）、乾隆（裕陵）、咸丰（定陵）、同治（惠陵）等帝王和慈安、慈禧（定东陵）等后妃。整个陵区以孝陵为中心，诸陵分列两侧，其玉石殿陛，画栋雕梁，宏伟而壮丽。从陵区最南面的石牌坊到孝陵宝顶，这条长约六公里的神道上，井然有序地排列着大红门、神功圣德碑亭、石像生、隆恩门、隆恩殿、方城、明楼等建筑，肃穆典雅，雄伟壮观。乾隆的裕陵是一座雕刻艺术宝库。陵中除地面外，无论四壁和券顶，都砌以花岗石，上面雕满了各种图案。主要有八大菩萨、四大天王、五方佛、五供、八宝以及用梵文和藏文镌刻的数万字的佛经咒语。所有这些雕刻，线条清晰流畅，形象逼真，尽管图案繁多，但安排得有主有从，浑然一体，独具匠心。慈禧太后的陵墓也很有特色，其隆恩殿四周的石栏杆上雕刻着龙凤呈祥、水浪浮云的图案。殿前的丹陛石采用透雕手法，龙在下、凤在上，构成一幅龙凤戏珠的画面，犹如真龙真凤在彩云间飞翔舞动，堪称石雕中的杰作。

雍正、嘉庆、道光、光绪四帝葬于河北易县的清西陵。

孝陵，顺治皇帝的陵墓，传说顺治晚年退位到五台山出家为僧，故陵墓为一空冢。事实上，顺治死后为火葬，遵循着传统习俗，但此后清朝各帝，均放弃了火葬，改为汉族的土葬。所以，顺治墓中埋葬着的是顺治的骨灰，而且基本上没有陪葬物。正因为这种种传说，这座没有宝藏的陵墓，在两百年后清东陵的一系列浩劫中，竟一次次躲过了盗墓者而安然无恙，成为清东陵所有陵墓里唯一没有被盗掘过的陵墓。

看了这些，我才开始明白，为什么"古墓幽魂"里看到的第一扇"孝陵"大门里是一片空白，什么都没有，原来是因为里面只有骨灰没有尸骨；而"景陵"中看到的那位目光炯炯有神的皇帝一定就是雄才大略的康熙大帝了；"裕陵"里显示的皇帝自然是风流天子乾隆；至于"定陵"，就是与明十三陵里万历皇帝的定陵同名的这个陵墓的主人则是咸丰皇帝，他死的时候应该是正当盛年，所以看上去要比前面两张画像里的人年轻；那么，"定东陵"的大门里见到的那个中年女人肯定就是慈禧太后，怪不得那眼神如此尖锐，给人一种恐惧的感觉；最后的"惠陵"里，则是慈禧的儿子同治皇帝了，他十九岁就死了，据说得的是花柳病，所以那张画像上的皇帝如此年轻，仿佛还是个半大孩子。每个皇帝陵墓里都有地宫，为什么"她在地宫里"要出现在同治的陵墓里？我实在无法理解。

我忽然想起了过去看过的一部国产电影，讲的是民国时候，一伙军阀把慈禧的墓挖开来盗宝的事情，而且是根据真实的事件改编的。其他一些书籍上也提到过这个军阀，叫孙殿英，用炸药炸开了东陵的几座陵墓，发了一笔大财。我又开始了搜索，整整花了几个小时的时间，才把那些零散的资料整理在一起，大概知道了个究竟——

1928 年 7 月，落魄的军阀孙殿英以剿匪为名，带领军队进入陵区，用了七天七夜的时间，使用炸药，将乾隆、慈禧的两座地宫打开，将地宫及棺木中的陪葬宝物洗劫一空，酿成了震惊中外的大案，可以说是人类历史上最大的一起盗墓事件。其中还有一些骇人听闻的细节——盗墓一个多月后，调查人员进入东陵时，见到了一片惨状：在地宫内，慈禧的尸体躺在棺材板上，上身全裸（显然被盗墓的士兵扒光了衣服），下身只剩下一条裤衩，袜子也差点儿给脱了。全身已经发霉，脸上都生了白毛，孙殿英为了得到她嘴里含着的夜明珠，派人用刺刀割开了慈禧的嘴角。总之差点儿把人给吓死。而乾隆的地宫里总共有一帝两后三妃，尸骨全给挖出来了，可怜这位当年号称"十全老人"、被西方人看作世界上最伟大的君主的风流天子居然遭到后人如此亵渎，更可惜的是，他的墓中藏的都是字画，无知的士兵们只知盗宝，不懂得艺术品的价值，结果这些无价之宝被踩在脚下毁于一旦。

也许这就是报应，慈禧一生害人无数，把中国推到了灭亡的边缘，她生前享尽荣华富贵，死后不到二十年就被抛尸棺外，扒光了衣服，传说还被士兵奸尸。从另一个角度而言，果真是老天有眼，恶有恶报，正是假恶人之手以制恶人，这就叫"以毒攻毒"。至于乾隆皇帝，虽然在民间传说中他是无限风光，在那部琼瑶火爆的电视连续剧中还成了一个慈祥的父亲，其实在真实的历史上也不过是一个大兴文字狱的暴君而已，所谓"康乾盛世"不过是清朝最后的回光返照罢了。

我又继续搜索了一会儿，网上能找到的资料其实还是有限的，全在这儿了，大多数是重复的，没有更详细的内容。我思索了片刻，再次想到了"古墓幽魂"里看到过的东西，为什么最重要的东西在同治的陵墓里？应该说在东陵各帝王陵中，因为同治死得太早，他的惠陵是最不起眼儿、最粗糙的一个陵墓。看来我找到的这些还不够，一定还漏掉了什么，那个"她"，指的是慈禧吗？或者是其他人，我必须搞明白。

窗外天色阴沉，我心里隐隐有些寒意。

THE VIRUS
1月17日

今天下起了大雨。

冬天的大雨是很难得的，上海这些年的冬雨却增多了，也许是因为上海已经好久没下过雪了。

我撑着伞走在马路上，雨水啪啪地敲打着伞面，我的脸上溅到了一些水珠。放眼向四周望去，幽远的街道，黄白色的梧桐，方格子般的小楼，都浸在一片烟雨中，朦朦胧胧的，就像一幅掉到了水里的水彩画，于是，我想起了我十九岁时写的一首诗：《大雨敲打城市的额头》。

我来到莫医生心理诊所门口。由于出门前特地打了一个电话过来，Rose 在电话里说莫医生今天出诊去了，不在诊所里，所以我就来了，如果她说莫医生在，那我是绝对不会来的。是的，我就是来找 Rose 的。

我按响了门铃，Rose 给我开了门，我身上湿漉漉的，脱下外衣觉得轻松了一些。房间里也弥漫着一股潮气，无孔不入地渗入我的心里。

她还是给我泡了一杯热茶。茶的热气覆盖了我的脸。

"莫医生出去了，他说也许要四五点钟才回来。"

"没关系，我来这里，是想……"我却窘得说不出话来了。

"想什么？"

"想问你一些事情。"我突然变得结结巴巴的。

"问吧。"她对我笑了笑。

"请不要介意，有些问题是我不应该问的，比如年龄之类的。我知道这很不好，甚至会引起你的误解，但是……"

"我今年二十二岁。"她抢先说话了。

"哦，那你在这里……在这里做了多久了？"

"只有几个月，去年我大学刚毕业。"她回答的速度比我提问快多了，这让我很尴尬。

"我问的这些问题很愚蠢是吧，你不会以为我是来做无聊的市场调查的吧。"

"你真有趣。"

"为什么要为莫医生工作？其实像你这样的，应该可以找到更好更适合你的职位。"我的话听起来像是人才市场里的。

"因为这里工作很安静，很清闲，我不喜欢那种一天到晚忙个不停的工作，为了某些无聊的事情费尽心机。我只想像现在这样，一个人独自坐着，与世无争，看着窗外的芭蕉叶和花丛，还有朦胧的雨幕，静静地听着雨点敲打叶子和屋檐的声音，知道吗？这声音非常悦耳动听，比听 CD 好多了。你静下心来，仔细地听，听——"

我果然听清楚了，窗外传来的雨点声，还有下水管道急促的流水声，像是一个微型瀑布。此刻空空荡荡的房间里只有我和她两个，我们都默不作声，静静地听着窗外的雨，看着窗外在风雨中摇晃的花丛，我居然有些出神。

"觉得怎么样？"她突然问我。

我这才回过神来："你说得对，在这里工作的确是一种享受。"

"我就喜欢平淡的生活，越平淡越好。就像一个雨点，悄悄地来，又悄悄地去，没有人注意到它，对人们来说，这个雨点是不存在的。如果对你们来说，我是不存在的，那么我会很高兴。"

果然是个与众不同的女孩，我想用"心静如水"这个词来形容她。我轻声地说："那我真羡慕你啊，知道吗，我现在脑子里很乱，许多麻烦事纠缠着我，如果我能像你那样看待一切，也就不会到这里来进行莫名其妙的治疗了。"

她微微一笑："你会好起来的。"

"谢谢，但是依靠莫医生的那种治疗方法，我恐怕只会越来越糟。对不起，我说得太直接了。"

"他可是心理学博士。"

"真的是博士吗？"我摇了摇头，不敢相信，他更像是一个江湖骗子，我继续说，"你看过他的治疗吗？"

"没有。"

"还好，最好不要看。"

她突然咻咻地笑了起来，我也莫名其妙地笑起来，我们的笑声在空旷的走廊与楼梯间飘荡着，撞击着，这些声音让我想起了过去，想起了另一个人，似乎已从多年前回到了我面前。接着又是沉默，我们似乎有了某种默契，一同屏着呼吸听着雨打芭蕉的声音，仿佛在听一场江南丝竹的演奏。

雨，越下越大。

"你住在哪儿？"我突然打破了沉默。

"就住在这一带，我租了一间房子。"

"是一个人住吗？"

"当然，你以为是两个人吗？"她笑着反问我。

"不，不，我是说你为什么不和父母一块儿住。"我力图消除她的误解。

"早就分开了，为什么总是问这些？"

"没什么，我只是觉得——"

突然门铃响了，Rose打开门，莫医生进来了，他后面还跟着一个人，居然是黄韵。莫医生看见我，吃了一惊，黄韵更加意外，她极不自然地对我笑了笑。

"你怎么来了？"莫医生对我说话的语气颇为冷淡。

"我是来治疗的。"我也冷淡地回答，他突然回到诊所让我非常扫兴，我已经与Rose谈得很好，一下子让他搅了，而且黄韵居然会和他在一起，我发觉自己越来越讨厌他。

"我没叫你来，你就不要来，需要治疗的时候，我会通知你的，懂吗？"

我别开头，看着Rose，不想和莫医生说话。四个人突然都静默了，气氛变得有些奇怪。最后我还是说话了："黄韵，你好。"

"你好。"黄韵绵软无力地回答。

"你今天晚上还上'古墓幽魂'吗？"

她的脸色突然变了，使劲摇了摇头，却不说话。我这才注意到莫医生的目光，他紧盯着我，好像非常紧张的样子。也许我说了不该说的话，我弄不明白。

"对不起，今天诊所提前关门了。"莫医生态度生硬地说。

他这是在下逐客令。我看了看Rose，她还是对我微笑着，向我挥了挥手："再见，欢迎下次再来。"

我向她笑了笑，又看了看黄韵美丽苍白的脸，Rose和她各有各的漂亮之处，我还真分不出她们究竟哪个更迷人，但我心里总觉得 Rose 更加亲切可人善解人意。我拎起伞，在莫医生厌恶的目光下离开了诊所。

　　外面的雨依然很大，我撑起伞，独自走进雨幕中，走了几十步，又回头看了看诊所的小楼，它已被烟雨笼罩起来，渐渐变成了一个幻影。

THE VIRUS
1月18日

我来到图书馆。

今天的天气依然阴冷，比起往常的拥挤不堪，今天显得有些清静。我先在图书馆的电脑查书系统里查找关于清东陵以及同治皇帝的书籍，特别是与惠陵有关的。然后又来到参考资料阅览室，这里的人比较少，或许能找到一些网上所没有的东西。

我像个没头苍蝇一样在浩如烟海的史料中寻找着，翻阅着各种记载着同治皇帝生平的书，找到了一些我感兴趣的内容——

同治十一年，筹备皇帝大婚，西太后慈禧选定的皇后年仅十四岁，满洲镶黄旗凤秀之女，姓富察氏，是满洲八大贵族之一，世代均出将入相。而东太后慈安选定的皇后为吏部尚书蒙古正蓝旗人崇绮的女儿阿鲁特氏，崇绮是同治四年的一甲一名状元，官拜翰林院编修，"立国二百数十年，满蒙人试汉文而获授修撰者，止崇绮一人，士论荣之"，阿鲁特氏比同治大两岁。

同治并没有看中自己亲生母亲慈禧为他挑选的皇后，而是选择了慈安挑选的阿鲁特氏。这令慈禧大为恼火，但同治始终坚持自己的选择，并在东太后的支持下终于如愿以偿。最后阿鲁特氏被册封为皇后，富察氏被册封为慧妃。

大婚后，虽然皇帝与皇后一直情投意合，但是慈禧始终从中阻挠，屡屡对皇后发难。在一些民间传说中，同治与皇后被慈禧强行分离了开来，于是年轻的皇帝耐不住寂寞，偷偷跑出宫去寻花问柳，染上了花柳病，又不敢声张，耽误了治疗，结果御医来会诊的时候已经晚了，最后同治皇帝在痛苦中驾崩，卒年还不到二十岁。

至于皇后阿鲁特氏，在皇帝死后更是受尽了慈禧的欺凌，可能是因为慈禧认为这个不中意的皇后克死了自己唯一的儿子。阿鲁特氏感到绝望，于是在同治死后才几个月的光绪元年二月二十日在宫中吞金自杀，年方二十一岁。

光绪五年，同治皇帝与皇后合葬于仓促完工的惠陵。在葬礼中，吏部主事吴可读触景生情，想起皇帝与皇后短暂的一生，不禁倍感命运弄人。返京途中，他夜宿蓟州，辗转难眠，竟然决心以死相谏，在服毒自杀前，写下一首绝命诗："回头六十八年中，竟往空谈爱与忠。抔土已成皇帝鼎，前星预祝紫微宫。相逢老辈寥寥甚，到处先生好好同。欲识孤臣恋恩处，惠陵风雨蓟门东。"

在图书馆柔和的白色灯光下，我看着这些文字，免不了下意识地发出几声叹息。又过了许久，当我决定离开的时候，突然在一本书的目录里发现了一条："第九章：1945年东陵的灾难"。

怎么是1945年，孙殿英盗墓不是在1928年吗？我翻到了这一章节——原来在抗日战争期间日本军队曾对东陵做过保护措施（毕竟埋着的是溥仪的老祖宗）。抗战胜利以后，守卫东陵的军队撤退了，一群土匪强盗乘机对东陵大肆盗掘，挖开了康熙的景陵、咸丰的定陵、同治的惠陵，还有东太后的陵墓。我又情不自禁地叹息了一声，连雄才大略的康熙大帝也未能幸免，落得个劈棺惊尸的下场。

我特别关注了这一章中关于惠陵被盗的情形，当时盗墓贼打开了地宫，从棺材中拖出了同治皇帝的尸体，只见这位英年早逝的皇帝早已成为一堆枯骨。而当人们打开皇后的棺材后大吃一惊，皇后的尸身竟然完好如初，就仿佛刚刚逝去一样。他们把皇后抬出了棺材，发现她的关节可以转动自如，脸色光泽自然，皮肤还富有弹性。盗墓贼将她的衣服全部扒光，抢走了所有珠宝首饰和陪葬品，让皇后赤身裸体地躺在地宫中，然后扬长而去。不久，另一伙匪徒又闯进了地宫，他们发现自己已经晚来一步，于是便丧心病狂地用刀剖开可怜的皇后的肚子，割断肠子，仔细地搜索六十多年前皇后殉情时吞下的那一点点金子。数天后，当又一群强盗进入地宫以后，发现赤身裸体的皇后长发披散，面色如生，没有痛苦的表情，只是肚子被剖开，肠子流了一地……

我无法再看下去，合上书本，闭起眼睛，静静地想象着当时的情景，但实在想象不出一个堂堂的皇后被从棺材里拖出来，被扒光了衣服，肠子流了一地的情景。人实在太贪婪了，连一个死去多年的弱女子都不放过。如果说慈禧被盗墓是因为她恶贯满盈老天报应的话，那么同治皇后阿鲁特氏又有什么罪过，她已经够惨了，没有尝到多少人生的幸福，就匆匆地吞金结束了短暂的一生。她是二十一岁死的，今天二十一岁的女孩子都在干什么呢？我想起了 Rose，还有黄韵，她们都已经超过了二十一岁，二十一岁的女孩子们读大学上网蹦迪打保龄球。阿鲁特氏都贵为皇后了，却还红颜薄命，这个世界真是不公平。

好几个小时过去了，我终于把头从故纸堆里抬起来，想吸一口新鲜空气，却看到窗外的天色已经昏暗了，冬天的夜晚来得特别早。一个图书管理员来到我面前说："对不起，闭馆的时间到了。"

我缓慢地离开了图书馆。

夜幕终于降临，阿鲁特氏的名字徘徊在我心头，其实这不是她的名字，充其量只是她的姓氏，在史书和各种资料里，甚至没有留下这个女孩的名字，她有名字吗？一定有的，只是她是一个女人，就算是皇后，也不配有自己的名字留世，最多只留下一个谥号——孝哲毅皇后。在冬夜中，神情恍惚的我似乎能看到她穿行在上海的街头。

THE VIRUS
1月20日

　　我再一次违背了叶萧的嘱托，进入"古墓幽魂"。我没有进入迷宫游戏，估计叶萧很可能还在那里面监视着。

　　我进入了留言板，还是像上次一样，我决定先发言，键入标题——有谁知道阿鲁特氏，我没有打内容就把这帖子发了出去。

　　接着，我向后翻了几十页，试图找到黄韵、陆白、林树在过去的发言。黄韵的发言很少，全是在陆白自杀以前，无外乎是哪天看了一部恐怖片，把故事梗概和自己的感受说一说。在她的发言后面总是跟着白白的回复，我说过，白白就是陆白的网名。12月8日的一则回复里，陆白写道："黄韵，明天晚上跟我去打保龄球好吗？"

　　后面跟着黄韵的回复："白白，明晚我没空。不要再缠着我了。"

　　那些天陆白的确对我说过他和黄韵的关系很僵，我又往前翻了几页，还有一则帖子，是白白发的，时间为12月11日："黄韵，嫁给我吧，我在网上公开向你求婚。"

　　黄韵：白白，我不能答应你。

白白：黄韵，我可以跪下来求你。

黄韵：你太过分了，你以为你是谁？精神病！

她有些过分，不过陆白也实在太心急了，看这样子，他们两个人是永无和好的可能了。但我又翻了几页，在 12 月 20 日看到一则黄韵发的帖子："白白，这些天我认真地考虑过你的求婚，我为我的无礼向你道歉，我决定接受你的求婚。"

白白回复："我幸福幸福幸福幸福幸福啊！圣诞夜我们向全世界宣布这个消息！"

看着这些帖子，我总觉得不对劲，原本黄韵对陆白的态度是非常冷漠的，断然拒绝了求婚，而且还出口伤人，后来却又无缘无故地接受了求婚。虽然上次在咖啡馆里，她已经对我说过原因，但我依然难以理解。

我又一页页地往后翻，寻找他们的帖子，还好，"古墓幽魂"的速度快得惊人，十几分钟后，已经翻到了最早的一页。白白（陆白）自己发的帖子不多，大多是附和黄韵的，而三棵树（林树）的帖子数量更少，他在不断地转贴电子版的《聊斋志异》。我注意了留言板里第一个帖子的发帖时间，是 2000 年 11 月 1 日，发帖人为"古墓幽魂"，标题"古墓已经建成，盗墓者们请进"，无内容。原来这个网站开通还不到三个月。

又回到最近的一页，却发现我刚才的留言已经消失了，那么点工夫，又被删除了。也许我发的帖子对版主来说都是禁忌，那么也就说明阿鲁特氏对版主来说是个忌讳。我觉得我真的找到方向了，于是马上再发一个帖子，标题为"版主，你究竟害怕什么"。这可能有些冒险，但值得一试，打完标题以后，我点击了发表，但屏幕上弹出一行字："对不起，你已经被取消了发帖资格。"

开什么玩笑！我从来没碰上过这种版主。我有些气愤，关掉了留言板，进入聊天室。在聊天室里我没有找到黄韵，也不敢随便上去与别人搭话。突然有人和我说话了："你是在找黄韵吧。"我暗暗吃了一惊，那个 ID 挺拗口的——草曰大。

我：你是谁？

草曰大：你猜猜。

我：我哪知道，你认识黄韵？

草曰大：没错。

我：那你认识我吗？

草曰大：当然认识。

我：你是莫医生？既认识我，也认识黄韵。"草曰大"，草字头，下面是曰和大，合起来就是"莫"。

草曰大：呵呵，真的被你猜中了。

我：我没想到你也是这里的网友。

草曰大：你没想到的多了。

我：你不觉得这个网站很怪吗？

草曰大：不是怪，是与众不同，超凡脱俗。

我：你知道吗？黄韵那个自杀了的未婚夫也是这里的网友。

草曰大：知道，这很正常，自杀是心理脆弱者难以承受压力的行为，他要是早点到我这里来治疗，也许就有救了。

我：为什么你们一个个都不可理喻？

草曰大：你无法理解我们，说明你的心理已经不正常了。

我：我不正常？到底是谁不正常？

草曰大：很明显，你还需要继续治疗。

我：我今后再也不会到你那里去治疗了。

草曰大：太遗憾了，你会后悔的，那你为什么上次下雨天来找 Rose？

我：这个嘛——

草日大：你看上她了，是不是？不过她的确漂亮，呵呵。

我：你这个人真的令人讨厌，Rose 在你这里工作，我真为她担心。

草日大：我不会动她一根汗毛的。如果你喜欢她，随时随地都可以去找她。

我：你管不着。

草日大：你觉得黄韵怎么样？

我：她令人难以捉摸。

草日大：她可能喜欢你。

我：你不要胡说八道。

草日大：也许她不久后就会来找你。

我：闭嘴！

草日大：好的，记得来我这里治疗。

我：绝不，你是个骗子。

草日大：你为什么不相信科学？我研究的领域是超越科学的科学，你们凡夫俗子的确难以理解，透过心灵，我们可以拥有一切。

我：我不能再听你放毒了。我下线了。

草日大：今天晚上你会梦到我的。

我像躲避灾难一样离开了聊天室，退出了"古墓幽魂"，关闭了电脑。心里细细地回想着莫医生说过的那些鬼话，尤其是关于 Rose 和黄韵的，他的眼睛的确很尖，但他无法看到我的内心，在我的内心深处，对 Rose 有着特殊的感觉，是喜欢的感觉吗？我说不清，肯定不是人们通常所说的那种。那么黄韵呢？莫医生这个杂种居然说黄韵喜欢我，这是绝对不可能的，我明白他是在吊我的胃口，真卑鄙。

很晚了，我却始终没有睡下，因为我记着莫医生最后说的一句话——

"今天晚上你会梦到我的"。我虽然明知这是他的胡说，但我依然有些担心，万一我真的梦到这个家伙了怎么办？我平时做梦时什么乱七八糟的都会梦到，加上临睡前脑子里全是他对我说的话，梦见他的可能性倒真的是大大增加了。完了，我又要做噩梦了，我真想揍那个莫医生一顿。

昏昏沉沉中，我终于睡下了，万分幸运的是，这一晚，我没有梦见莫医生。

我梦见了那个二十一岁的皇后。

THE VIRUS
1月22日

今天是小年夜。

小年夜是中国人祭祖的日子，当然，用不着像清明、冬至那样上坟，大多是在家中烧烧纸钱供奉给祖先。与其说是祖先崇拜，不如说是祈求祖先保佑我们活着的人在新的一年中顺利地生活。许多人家都在空地上点起了纸钱和锡箔，延续着古老的传统。我们是一个大家族，几乎每个小年夜，作为长子长孙的我总要在小辈中第一个磕头，其实内心里我是有些讨厌这些仪式的，尤其是长大以后，但我依旧尊重大人们对先人的敬畏之心。

今年他们已经取消磕头仪式，简单地烧了一些东西就结束了。回来的路上看到许多烧纸钱的人，烧的时候静默无语，烧完了接着有说有笑，还有人烧完冥币接着点炮仗，毕竟是过年啦。

我回到自己房门口，看到门口站着一个人，靠近了一看，居然是黄韵。

"怎么是你？"我很惊讶，她怎么会等在我门口，今天可是小年夜。

"我是在陆白留下来的通讯录里找到你的地址的。"她对我微笑着，我注意到她似乎越来越丰满了。

我急忙打开了门，把她让了进去："等了多久？"

"没关系，只来了一会儿。"她坐在了我的沙发上，环视着我的房间，"你的房间还不错。"

我立刻脸红了，我现在一个人住，作为独子，在父母的娇生惯养中长大，从不会照顾自己，你可以想象我这种人的房间该是怎样一副样子。

"你在嘲笑我吧。"我的房间根本就是乱七八糟。

"呵呵，没有。"

我想给她找点喝的，家里没有茶叶，咖啡找了半天也没有找到，可乐又太凉了，现在可不是夏天，最终只能给她倒了一杯热开水，这让我非常尴尬。

她很礼貌地喝了一口水，说了一声谢谢。她的脸色红润，口红涂得很自然，比以往任何一次都更漂亮。我偷偷地盯着她，半天不敢说话。

如果是在网上，也许我还能放肆地撒野几句；如果是在马路上或是咖啡馆里的公共场所，我还能结结巴巴凑合凑合。可是在我自己家里，在纯属我自己的空间里，这个空间本该是我想干什么就干什么的地方，一个漂亮女人突然闯入，与我面对面，几乎伸手可及，我就有些头皮发麻了。因为我是一个不善于做却善于想的人，此刻当然净是些胡思乱想。

"你几岁了？"她突然这么问我。

"虚的还是实的？"

"当然是周岁年龄。"

"已经满二十二周岁了。"我如实回答。

"哦，正合适。"她自言自语道。

"合适什么？"

"没什么，我是说，你已经到了法定结婚年龄了。"

"问这干什么？"我可从来没有想过这种事情，那对于我来说可是太遥远了。

她没有回答，直盯着我，那眼神让我有些害怕，我把头别过去，看着窗外，逃避着她的眼睛。

"对不起，我有件事情想求你。"她终于打破了沉默。

"说吧。"

"这件事，也许你很难理解，但是，我一定要对你说，因为我别无选择了。"她说话的语气非常认真，这让我心里七上八下的。

"尽管说吧。"

"和我结婚吧。"

我立刻站了起来，后退了几步。她也站了起来，向我点了点头，轻声说："对不起，你一定很意外。如果你不同意，我也没有办法。"

我觉得我的额头开始冒汗，急忙说："请告诉我原因。"

她又坐下了："实在对不起，上次在咖啡馆里我欺骗了你。"

"欺骗了我？"

"我告诉你，因为陆白去普陀山进香为我妈妈祈福，我受到感动，所以才答应嫁给他。"

"难道不是吗？"

"是我骗了你，根本就没有那回事，他没去过普陀山，我妈妈也没有得过肿瘤。我为了消除你的疑惑，才故意编了一个谎言。真实的原因是——我怀孕了。那是一个错误，三个月前，我和陆白大吵了一架，又都喝醉了，在无意识中所发生的一场错误。"

"也许是陆白太冲动了。"

"不，陆白没有错，是我们两个共同的错误。我根本就没有和他结婚的意思，早就决定分手了，但发觉自己怀孕以后，我才开始重新考虑，我曾经想过把孩子打掉，但是我下不了手，我不是那种自私的人，毕竟是一个生命，我最终决定，把孩子生下来，并且答应嫁给陆白，尽管我已经不再爱他了。"我发现她的眼眶已经湿润了。

她继续说："陆白无缘无故地自杀以后，我绝望了，我不能让我的孩子出生后没有父亲。你知道吗？我是一个私生女。我没有父亲，他在与我母亲认识后不久，就像风一样，丢下了我母亲消失得无影无踪，那时候我母亲还是一个十八岁的少女。但是母亲生下了我，独自一个人，以微薄的收入把我养大，我有一个世界上最伟大的母亲。但因为是私生女，我从小就受尽了歧视，我和我的母亲一直被别人看不起，我们生活在自卑中。我很害怕，我害怕如果生下这个孩子，我会不会重蹈我母亲的覆辙，这个没有父亲的孩子，也许会度过与我相同的悲惨的童年，将来我该怎么对我的孩子解释呢？父亲死了，可为什么母亲从来没有结过婚呢？我在痛苦中思考了很久，我觉得现在只有两个选择：一是把孩子打掉，二是找一个人与我结婚，让他成为我腹中孩子的父亲。于是——"

"于是，你选择了我？"我接过了她的话。

"对不起，我别无选择。"她的眼泪终于顺着脸颊滑落了下来，我清楚地看着一串泪珠闪着晶莹的光。

"可是，为什么偏偏要选择我？"

"除了你，还有谁呢？你是陆白的朋友，你会善待陆白的孩子，根据这些天来跟你的接触，虽然时间很短，但我觉得你是一个善良的、值得信赖的人，这就足够了。至于你有没有钱、有没有地位，都不重要，重要的是你能否接受别人的孩子叫你父亲。"

"我明白了。"我点了点头，可我真的是"一个善良的、值得信赖的人"吗？

"你不要担心自己的将来——你可以在和我办理结婚手续之后再和我离婚。"

"假结婚？"

"事实上是假结婚，但在法律上，是真结婚，然后等我和陆白的孩子出生以后再离婚。这样一来，我的孩子就可以有一个名义上的父亲了，孩子将来也不必背上私生子的压力。在我们办理结婚手续到办理离婚手续的这一段时间内，我们分开居住，一切都悄悄进行，没人会知道。"

"可是——"

"我知道你的担心，在你的档案里，肯定会记下这一次婚史的，在法律上，你会成为一个曾经离异的人，而且，你还会有一个名义上的孩子，他（她）会随你的姓，当然，我绝对不会要求你负担作为一个父亲的任何义务与责任，你只是一个名义上的父亲，仅此而已。我知道这依然对你不公平，你会为此付出一些代价，所以，如果你不愿意的话，我不强迫你，也绝不会怨恨你，我们照样可以做朋友，只是，我腹中的孩子，会在十天以后，死在医院里。"

我说不出话，我看着这个女人，佩服她的勇气和智慧，只是，我现在脑子里一片混乱，什么决定也做不出。但是她最后的一句话，让我心里震动了一下："黄韵，我真不知道怎样来回答你。"

"1月31日，政府机关放完了春节的长假，开始重新上班，在这一天的上午十点，我会在区婚姻登记处门口等着你。你如果同意的话，请带好你的身份证和户口本准时到达，与我会合。如果等到中午十二点还看不到你的话，我会去已经联系好了的医院，做人工流产。"

"你真厉害。"

"你还有十天的时间考虑。这一切由你自己来决定，别告诉其他人。"她站了起来，靠近了我，离我非常近，近得能感受到她的气息吹到我的脸上。我却像个懦夫似的发着抖，不敢直接面对她逼人的目光。

　　"对不起，打搅你了，春节快乐。"她要走了。

　　"春节快乐。"我好不容易才从牙缝里挤出四个字。

　　我把她送到门口，她轻轻地推了我一把，轻柔地说："别送了，今晚睡个好觉。还有，不要再上网了，尤其是'古墓幽魂'。为了腹中的孩子，我也不会再靠近电脑了。"

　　"再见。"

　　她走出几步，又回过头来："记住，1月31日上午十点，区婚姻登记处门口，我等你。"

　　天色又昏暗了，她渐渐地消失在了黄昏的斜阳里。

　　我发了好一会儿的愣。

THE VIRUS
除夕之夜

我暂时回到了父母身边。

全家人终于聚在一起吃了一顿年夜饭，包括叶萧。原先说好了在饭店里吃，但妈妈说我很久没在家里吃过一顿好饭了，所以还是留在了家里。国家分配给父母的房子很宽敞，十几号人围在一起也不觉得挤。妈妈不断地给我夹菜，她深知我从小养成的口味，做的全是最合我口味的菜，但我却没有食欲。我向来是滴酒不沾的，今天却自己倒了一小杯红酒，独自浅酌。

妈妈很快察觉到了我的异常，故意把话题转移到我身上，可我依旧毫无感觉，让别人觉得无趣至极。我有些麻木地一口把杯里的红酒全都喝了下去，也许是因为对酒精过敏，没过一会儿胃里就开始难受，我极不礼貌地一句话不说就离了席，走到过去自己的小间里，关上门，也不开灯，在黑暗中放起了我过去常听的 CD。是"恰克与飞鸟"的，音乐在我的耳边飞起，飞鸟温柔的语调包围着我，我闭着眼睛，心里却全是黄韵的那些话。

过了片刻，我觉得有一个人走了进来。

"你好像有什么心事。"我听出来了，是叶萧的声音。

我睁开眼睛，看着他，半晌没有说话。

"你又去过'古墓幽魂'了？对不起，大年夜我不该说这样不吉利的话。"叶萧压低了声音说。

我摇了摇头。

"那是为什么？"他接着问。

我依旧不回答。

"是为了某个女孩吧？"

我点了点头。

他突然吐出了一口气，自言自语道："又是为了女人。"

"你说话的语气好像是同病相怜？"我终于开口了。

"不去提它了，过去的事就让它过去吧，我也不愿再提起我过去的事了。你呢？"他有些无奈。

"我正在面临选择。"

"做决定了吗？"

"我不知道。"

他拍了拍我的肩膀，轻声说："一切都会过去的。"然后又走了出去。

房间里又剩下了我一个人，飞鸟还在唱着。在这些旋律中，我第一次感到我是那么自私，我只想到自己，从来没有考虑过别人。我所做的思考，所做的选择，说白了不过是利益的抉择。我居然胡思乱想到会不会有可能与黄韵办理结婚手续以后不再离婚，从假结婚变成真结婚，真正拥有她，但一有这个念头，我又会想起陆白，想起他从黄浦江里捞上来的惨不忍睹的尸体。我又想到在办理离婚手续以后，自己会变成一个离异过的男子，将来还会不会有人肯嫁给我呢？即便再怎么掩盖再怎么解释恐怕都无济于事的，也许这就是我的后半生。

突然，我又想起了 Rose。

怎么会想起她？我的脑子全都乱了。

飞鸟继续唱着。

又不知过了多久，零点终于到了，我们告别了龙年，迎来了蛇年。

爸爸开始放鞭炮了，连同窗外千家万户的鞭炮，新年的祝福从烟火中爆发了出来，所有的人都祈求赶走厄运，迎来幸福。

我打开窗户，迎面吹来烟火味浓烈的寒冷的空气，在这空气中，我听见一个沉闷的女声从深处传来 ——"她在地宫里"。

THE VIRUS
大年初一

与往常不同，我醒得特别早，悄悄地从妈妈的抽屉里取出了我家的户口本，然后留下了一张字条，无声无息地走出门去。

THE VIRUS
1月31日

九点五十分三十秒，我看了看表。

现在我在区婚姻登记处门口，怀里揣着身份证和户口本。也许还需要某些东西或证明，但这并不重要，重要的是我来了，我做出了选择。

今天是新年第一个工作日，门口的人不多，都有些疲惫，或许是还未从节日的长假中调整回来。我静静地站着，冬日的阳光刺入我的瞳孔，我忽然轻松了许多。

十点钟到了，我索性看起表来，表的秒针一格一格地跳动着，均匀、流畅，就像一个古老的刻漏的滴水。

渐渐地，我的视线凝固在了秒针上，一圈又一圈，宛如永无止境的轮回。十一点钟了。黄韵还没有来。

她怎么了？也许她改变主意了？也许她临时有什么急事？我继续等待。

日头已高高挂起，我把目光从手表上挪开，仰头看着太阳，冬天的太阳不太刺眼，照在脸上暖暖的。

十二点了。

"如果等到中午十二点还看不到你的话，我会去已经联系好了的医院，做人工流产。"我的脑子里闪出了黄韵的这句话。但现在是我见不到她。我忽然仿佛看到了她在医院里做人流的样子，现在大概都是吃药的吧，我想象不下去了。

我必须要找到她。

因为没有黄韵的电话号码或地址，我想到了莫医生，犹豫了一会儿，还是给莫医生的诊所打了一个电话，尽管我极不情愿。

电话那头响起了 Rose 悦耳动听的声音："喂，这里是莫医生心理诊所，您是哪位？"

"是 Rose？新年好。"

"新年好。是你吗？"她立刻就听出了我的声音。

"是的，你好，莫医生在吗？"

"在，我帮你转过去。"

电话那头变成了莫医生那令人讨厌的男声："喂。"

"莫医生吗？是我。"

"你终于给我打电话了。"

"请问你知不知道黄韵的电话号码？"

"你现在要给她打电话？"

"是的。"

"有什么事？"

"对不起，这个我不能告诉你。"我要为黄韵保密。

"现在给她打电话已经晚了，你可以直接去她家里。"紧接着，他把黄韵家的地址告诉给了我。

“谢谢。”

“快去吧，再见。”他把电话挂了。

我有些困惑，他说的这些话是什么意思？比如“现在给她打电话已经晚了”，还要我快去，难道他知道这件事？我来不及细想，按照他给我的黄韵的地址，叫了一辆出租车急忙赶去。

黄韵的家其实离此处不远，在一条老式的弄堂里，是一栋古老的石库门房子。这条弄堂被几栋高大的商务楼包围着，侥幸没有被拆除。我推开了石库门那岁月斑斓的木头大门，迎面是一个还算开阔的天井，除了中间的走道，天井里到处是泥地，种着一些不知名的花草。这里似乎住着好几户人家。我走上又高又陡的楼梯，敲开了一扇门。一个大约四十多岁的女人开了门，她的头上戴着一朵小白花，手臂上戴着黑纱。

“你找谁？”她用怀疑的目光看着我。

“请问这是黄韵的家吗？”

“你找黄韵？”

“是的。”

“我是她妈妈，请进吧。”

我走进了门，在房间的正中有一张大台子，台子上摆放着一只黑边的相框，相框里有一张黑白的照片，黄韵正在照片里向我微笑着。

相框前面还放着几个盘子，盘子里是水果和鲜花，还有三炷香，升起袅袅轻烟。我再看看一身素服、戴着黑纱的黄韵妈妈，一切都明白了。

一股说不清的情绪从心底泛起，像潮水一样渗透进了我的全身。我沉默了半晌，看着照片里的黄韵。这张黑白的照片拍得不错，黄韵的眼睛里闪烁着光，特意化的妆，再加上黑白的怀旧色彩和老上海的背景，应该是照相馆里的个人写真照。

"阿姨，我可以给黄韵敬香吗？"

"谢谢，当然可以。"

我举着香，低下头向黄韵的照片敬了三敬。黄韵妈妈给了我一把椅子，又给我倒了一杯茶，柔和地问："你是黄韵的朋友？"

"是，我也是陆白的朋友。"

"哦，陆白这小孩也真惨，我们黄韵也和他一样了。"

"和陆白一样？难道她也是——"

"对，是在大年夜的晚上，守岁之后，她就睡下了，当我第二天醒来，她已经去了。在她的床头边，留下了一个空的安眠药瓶。她走的时候，一定是在梦中，公安局的法医说，她是在睡梦中，在没有任何痛苦的情况下去的，她走得很安详，很清静，干干净净的，很好，这样走很好。我们黄韵真有福气啊，没有吃一点苦，初一的早上，脸上还带着微笑，她一定是做着一个美梦走的。"

我听不下去了，怔怔地看着黄韵的妈妈，我惊讶于她的平静，就像是在述说家里一件平常的小事一样，她似乎已经有些麻木了，或许是在过度悲伤后反而变得坚强而冷静。黄韵曾说过她是一个私生女，她的亲生父亲抛弃了她们母女，她的妈妈背着未婚先孕的名声生下了她，靠着自己一个人的力量用微薄的收入把黄韵养大成人。也许，她是一个伟大的母亲，而现在，她生命里唯一的希望也破灭了。

我再次看了一眼黑白照片里的黄韵，突然想到，她的腹中还带着一个幼小的生命。她为什么要把另一个生命也一起带走呢？她没有这个权利的。我已经做出了选择，而她，却失约了。

我痛苦地摇了摇头。黄韵再也不可能回答我的这些疑问了。我辞别了黄韵坚强的妈妈，刚要离开，我的目光偶然触到了梳妆台上的一个小相框。相框里是一个年轻男子的黑白照片，是那种 70 年代的老式照片，虽然是生活照，却没有什么背景，他的眼睛很明亮，直视着远方，似乎在沉思着什么。即便是按现在的标准，他也该算是一个很英俊的男人，但照片里的神情却给人一种略带忧郁的感觉。

"你在看什么？"黄韵的妈妈问我。

"没什么。"

"你是在看他对吗？"她用手指了指小相框，"他是黄韵的爸爸。他只留下了这一张照片，黄韵从出生起就没有见过他，除了照片，现在永远也见不到了。"

"对不起。"我不想探究别人的隐私，匆匆地离开了这里。我走下那陡陡的楼梯，石库门房子里天窗投射下来的阳光照着我的眼睛，我的眼睛有些湿润了。

THE VIRUS
2月1日

电话铃响了。我拎起了听筒。

"喂，我是叶萧。到我这里来一下好吗？现在，现在就来，我有些事要告诉你。"

半个小时以后，我到了他家里。

"你的脸色很不好。"他关切地说。

"谢谢，叫我来到底有什么事？"

"昨天你去过黄韵家里了？"他问。

"你怎么什么都知道？"我有些纳闷。

"我目前在调查她的案子。我想给你看些东西。来。"他让我坐在他的电脑前，打开了一些文件，"你自己看吧。"

署名：黄韵

标题：日记

日期：2000/12/15

我完了，我真的完了，今天去医院，我的噩梦果然成真了——我怀孕了。怎么办？我想了很久，脑子里一片空白。我去找莫医生，把这件事告诉了他，他也非常震惊。我要他立刻就和他老婆离婚，然后和我结婚。他绝不同意，他还是不能离开他富有的妻子，因为那个女人给了他一切，除了感情。他不能离开他妻子在银行里上百万元的存款，不能离开他妻子给他的那些小洋楼的产业，他说他如果离婚，立刻就会死的。他忽然变得异常柔和，就像过去那样，温柔地对我说，要我把孩子打掉，他可以为我联系医院，神不知鬼不觉。

　　我差点就相信他了。可是突然，我从他平静的眼睛里看到了一种东西——残忍，我能从他的每一句话、每一个动作中感受到他的自私、贪婪、无耻。

　　我不能，不能听他的，他只想到他自己，他从来没有为我考虑过，更没有考虑过我腹中的生命，那也是他的孩子啊。不，我要把孩子生下来，我决定了。

　　他听了我的决定以后，坚决反对，但我告诉他，我会和这个孩子共存亡。最后，他让步了。他想到了陆白，给我出了一个主意，要我同意陆白对我的求婚，和陆白越早结婚越好，把这个孩子算在陆白的头上。也许，这真的是唯一的办法了。可是，陆白不是白痴，他迟早会知道的，我该怎么办？

署名：黄韵
标题：日记
日期：2000/12/21
　　我找到了陆白，我明白，我不能欺骗他，我应该把腹中孩子的事告诉他。他一开始还非常高兴，为我答应了求婚而大谈他的憧憬，真是个可怜的男人。

当我告诉他，我是因为怀上了别人的孩子才要和他结婚以后，他一言不发。我以为他会拒绝，并大骂我一顿，可是，他没有，他同意了，同意和我结婚，孩子跟随他的姓，他愿做这个孩子名义上的父亲，在孩子出生以后，再和我离婚。

他的话让我感动，我真的被他感动了，他是真正爱我的，爱我胜过爱我的身体，尽管我的身体早已经肮脏。我觉得莫医生和陆白比，简直就是一个畜生，他只会爬到我的身上来发泄，我只是莫医生的工具，某种他的医疗工具。我对不起陆白，过去对他十分冷淡，玩弄他的感情，把他当成一个愚蠢的小丑，我现在才明白，真正愚蠢的人是我。

我欠他太多了。

署名：黄韵

标题：日记

日期：2000/12/24

现在已经是凌晨四点多了，应该算是25号了。我的未婚夫跳黄浦江自杀了。我不知道他看见了什么，实在想象不出他有什么理由自杀。

我摸着我的小腹，再一次绝望了。

署名：黄韵

标题：日记

日期：2000/12/25

今天，陆白的那个同事把我约到了咖啡馆。他还小，有些害羞，我在心里给他起了个称呼——小男孩。他询问着有关陆白的事，我随便编了一个故事搪塞了过去，这个故事实在太荒唐了，任何人都不会相信的，他居然信以为真了。他真单纯。

他看我的眼神有些奇怪，我明白他的心思，虽然小，可毕竟还是男人嘛。我把他介绍给了莫医生，也许这样的话，下次还会有机会见到他。

单纯的小男孩。

署名：黄韵

标题：日记

日期：2001/01/06

我又去找了莫医生，这个卑鄙的人还在给他的所谓的病人"治疗"。我越来越讨厌他，没有等他就离开了诊所。但在诊所外，我见到了那个"小男孩"。

我和他说了几句话，他还是那么单纯，没有受到这个世界的污染。我突然问了他一句他有没有女朋友，其实问这句话是多余的，我想他这种单纯老实的人不太可能有女朋友的。

我有些喜欢他了。

署名：黄韵

标题：日记

日期：2001/01/15

我一晚都泡在"古墓幽魂"里，我知道这对我腹中的孩子不太好，所以决定今后再也不上"古墓幽魂"了。

我突然在留言板里见到了"小男孩"的帖子，陆白告诉我过他的网名，我回了帖，让他来聊天室。他说陆白和三棵树的死与"古墓幽魂"有关，我嘴巴上说不相信，但心里也有些害怕。聊完了以后，我决定去迷宫里走走。

我花了很长的时间，终于走完了迷宫，我见到了她。

署名：黄韵

标题：日记

日期：2001/01/17

今天下大雨，我最后还是出去了。

我找到了莫医生，我们特意离开诊所，到一间茶坊里坐了坐。他再一次要求我把孩子打掉，我们发生了激烈的争执，我当时真想一刀杀了他。最后，他屈服了，但他希望我还是再找一个和陆白一样的人，把孩子算到别人的头上。

和他一起回到诊所，我居然又见到了他——"小男孩"。他似乎和那个Rose很谈得来，也许他们才是一对。但他和莫医生的关系很僵，不久就走了，我看着他的背影消失在雨幕中，我想，也许我真的需要他。

署名：黄韵

标题：日记

日期：2001/01/22

今天是小年夜，不能再等了。

我决定让"小男孩"代替陆白。

我找到了他的家。他的家里很乱，看得出他是一个独生子。我再度编了一个谎言，像在咖啡馆里一样，又一次欺骗了他。我希望他能和我办理结婚手续，等孩子出生以后再离婚，这些都和我对陆白说的一样。

我不知道他会不会同意，我从女人的直觉里感到他会同意的，因为他单纯。

到 1 月 31 日，我希望他会准时到达。

看完了这一切，我有些麻木，离开电脑，看到叶萧正独自坐在沙发上看着一本《福尔摩斯探案集》。

"看完了？"他抬起头来。

"这是怎么回事？"

"我不是说过了吗，我目前在调查这个案子，我有权从黄韵的电脑里取证。我下载了她电脑硬盘里的所有文件，找到了这些日记。而且，根据法医的尸检报告，她的确怀有三个月的身孕，真惨，是名副其实的胎死腹中。现在，你可以明白这一切了吧。"

"是的，我被她骗了，陆白不过是莫医生的替身，而我又是陆白的替身，我是替身的替身。我什么都不是。但是，我并不恨她，我只恨罪恶的根源——莫医生，他的确是个畜生。我敢断定，黄韵自杀绝对与他有关，也许，也许莫医生根本就是'古墓幽魂'的站长，对，这非常有可能，我们来分析一下，莫医生这个人是个骗子，与其说是医生，不如说是神汉巫师，总是在假借科学的名义装神弄鬼，他是一个天生的罪犯。从他的所谓的治疗来看，他对他的病人实施的是精神控制，通过对病人施加错误的潜意识信息，使别人产生错误的感觉，乃至于自杀。也许，那十几个不明不白自杀的人都是因为他，林树和陆白的死也该由他来负责。我想起来了，他第一次给我治疗时，我仿佛看见了一只眼睛，又仿佛从那只眼睛的瞳孔中看出一个黑洞，他还在旁边说了几句话，说什么所有的超自然现象都可以在黑洞中解释。这正说明他在利用这个，他是个畜生。"

叶萧对我笑了笑："啊，你比以前聪明多了，可是，还有许多东西没弄明白啊。"

"是的，但如果逮捕莫医生，并对他进行审问，也许所有的疑问都会水落石出。"

"现在不比过去，一切都要讲证据的。"他停顿了片刻，做了一个无可奈何的表情，继续说，"明天我去北京出差，开一个防止计算机犯罪的会议，要过几天才回来，你自己好自为之，不要轻举妄动。太晚了，回家睡觉去吧。"

"再见。"

"还有。"他又提醒我了，"不要再上'古墓幽魂'了，在具体情况没有搞清楚之前，不要冒险。"

我点了点头，离开了他家，在寒冷的夜风中，我真的像一个"小男孩"一样无助地徘徊着。也许黄韵说得对，我的确太单纯了。

我似乎听到了一声胎儿的哭叫，我明白这是我的幻觉，三个月的胎儿，还没有成形，哪儿能发出声音呢。

我加快了脚步，融入了黑暗中。

THE VIRUS
2月2日

　　我没有按门铃，径直推开了心理诊所的门，Rose 有些吃惊，但立刻恢复了微笑："你好。"

　　"你好。"真奇怪，只要一见到她，我的心情再坏也会缓和下来，"Rose，请问莫医生在不在？"

　　"在，他在等着你。"

　　"等着我？他知道我要来？"

　　"是的，他对我说过你今天一定会来的。"

　　"哦。"难道莫医生那家伙真能未卜先知？我又看了看 Rose，瞬间我产生了一个念头——也许莫医生会像对黄韵那样对 Rose，不，她不能再靠近莫医生了，我急匆匆地说："Rose，立刻辞职吧，远远地离开这里，离开莫医生，永远也不要再见他。"

　　"为什么？也许你误会他了。"Rose 有些不解。

　　"我没有冤枉他，他是个名副其实的杀人凶手，别相信他，千万别相信他的花言巧语，他最大的本领不是治病，而是骗人，特别是骗女孩子。"

Rose 的脸色忽然变了，看着我的后面轻轻地说了一声："莫医生。"

我回过头去，发现莫医生已经站在我背后了。我与他面对着面，盯着他那张脸，突然有了一种想揍人的欲望，好久没有这种欲望了，这欲望使我的后背沁出了一些汗，我开始握紧拳头。

"你刚才说的我全都听到了。"他平静地对我说。

"很好。"我的拳头砸在了他的脸上。

Rose 尖叫了一声，莫医生已经倒在了地上。我还有继续踹他几脚的冲动，但看着倒在地上哼哼唧唧的他，身体却软了下来。Rose 跑到了莫医生的跟前，刚要去扶他，他却自己爬了起来。现在他的样子挺狼狈的，我后退了一步，防备着他的回击。但他却似乎一点怒意都没有，对 Rose 说："我没事。"然后又对我说："能不能到楼上去谈谈？"

也许他有什么阴谋，我的心有些七上八下，但 Rose 正看着我，我不愿表现出自己的胆怯，于是跟着莫医生上了楼。

走进他那间房间，他关上了门，示意我坐下。他也坐了下来，缓缓地说："你知道了多少事？"

"我看过了黄韵的日记。"

"怪不得，黄韵死的第二天，我就知道了这消息，我一直担心警察会查看她的电脑，果真被你们看到了，天网恢恢，我承认我有罪。"

"你为什么不和你老婆离婚？"

"我不能，我不能失去这个诊所，这个诊所是我妻子赞助的，这整栋房子也是她的，如果和她离婚，她什么都不会留给我的，我会失去这一切，我将一贫如洗，像条狗一样死在马路上。"

"这不是理由。"

"我知道这不是理由。"

"那你是怎么得到黄韵的？"我步步紧逼地问。

"黄韵小时候，我就是她家的邻居，我比她大十岁，那年她才十六岁，而我则整天一个人在家里无所事事。那是一个夏天，她放暑假，她的妈妈整天在外为生活奔波。那年夏天格外炎热，她几乎一步也没有跨出过石库门的大门。她是个奇怪的女孩，她的血液里有一股野性，你没见过她十六岁的样子，就像一头漂亮的小野兽。她很早熟，十六岁就发育得非常完全，几乎完美的身材，加上那股野性的活力，总之，她深深地吸引了我。周围的邻居都知道她是私生女，没有人看得起她，也不让自己的孩子和她交往。因为漂亮和早熟，学校里的女生都嫉妒她，而她又讨厌那些男生，她是一个被孤立的人。我总是去找她聊天，装出一副关心她的样子，渐渐地开始捉摸到了她的心思，她觉得我可以让她不再孤独。我天生就是一个混蛋，但我懂得女人的心，十六岁的黄韵虽然特别，但依然无法逃过我的手段。我开始逐步地挑逗她，和她谈论一些敏感的话题，而她似乎还对这种话题特别感兴趣，在我面前，平时沉默寡言的她什么话都能说，胆子比我还大。终于有一天，也许你不相信，是她主动地把身体献给了我。我们度过了一个疯狂的夏天。那个夏天可真热啊，我至今还清楚地记得许多关于她的细节……"

"别说了。"我打断了他的话。我觉得莫医生刚才说的这些足够我写一篇富于煽动性的小说了。

"对不起，但我必须要把所有的心里话都说出来，因为现在我非常非常内疚。那年的夏天过去以后，我搬了家，离开了那里，从此，很久都没有见到黄韵。三年前，我结婚了，妻子给了我这栋房子，又给了我一大笔钱，我办起了这个心理诊所。一个偶然的机会，我又见到了黄韵，我发现她比过去更漂亮了，她的野性依然保留在她的眼睛深处，我们立刻就恢复了过去的那种关系。但我可以感觉到，长大了的她不再像十六岁时候那样容易被欺骗了，她对我始终保持着戒心。当她怀孕以后，就正式要求我和我妻子离婚，但是，我没有同意。接下来，你大概都知道了，我真后悔。"

"后悔已经没有用了。"

"事到如今，我已经完了，我知道警察正在对我进行调查取证，也许过几天，他们就会来把我抓走，罪名可能有许多个，我想我可能会被数罪并罚关在监狱里十几年。现在我全都承认，我的确是个骗子，根本就不是医生，也不是什么心理学博士，我的行医执照和博士学位文凭都是花钱买来的。那套所谓的治疗，其实全是我从江湖骗子那里学来的，都是些催眠术和精神控制的把戏。你应该明白什么是精神控制，我对你进行的那些治疗就是控制你的意识，让你的潜意识和幻想填补你真实的记忆，以至于产生所谓的前世的体验。没有什么前世，上回你看到的那些人对前世的回忆都是在我的催眠和精神控制下的幻觉而已。"

"你搞这些骗人的把戏难道是为了骗钱？可你的妻子不是很有钱吗？你没有理由为了钱干这些事的。"

"你以为我是为了钱吗？不是。这些治疗几乎是免费的，我不是为了钱，我是为了满足我的心理需求，我希望别人叫我医生，我希望别人的精神被我控制，我希望看到别人的潜意识和幻觉，知道吗，这是很刺激的。我有这方面的癖好，这与钱没有关系。"

"也许，应该接受治疗的人是你自己，你这个变态。"

"有这个可能。但还有另外一个原因。当我对我的女病人实施催眠以后，我就可以对她为所欲为了，你知道我的意思。在她们无意识的情况下，我占有了她们，以满足我的生理欲望。"

我想起了那天那个回忆自己的前世在南京大屠杀中被日本兵轮奸的女人，再看看面前这个平静叙述着的莫医生，我有些不寒而栗。

"那，那你有没有对 Rose 做过什么？"我的声音开始发抖了。

"没有，我敢保证，我觉得她有一股特别的气质，让人不可侵犯，我从没对她动过念头。"他沉默了下来。

"说完了？"

"对，说完了。"他居然还煞有介事地说着。

"也许你还漏了什么。"

"我不知道你指什么。"他依然在装傻。

我再次愤怒了起来："你把最重要的罪行掩盖掉了，丢卒保车，你真聪明，你以为你能掩饰到什么时候？'古墓幽魂'！'古墓幽魂'！你就是'古墓幽魂'的站长吧，是你使用了恶毒的手段，让那些无辜的人不明不白地自杀了。就是你！你是个魔鬼！"

"我不知道你在说什么？我承认我经常上'古墓幽魂'，但我不是什么站长，更不知道'古墓幽魂'是什么主页，我只是一个普通的网友而已。"

"狡辩！"

"我该说的都说了，没有必要掩盖什么，我承认我是个骗子，但今天，我说的每一个字都是真实的，因为我被黄韵的死震惊了，黄韵腹中的孩子毕竟也是我的。"莫医生突然有些恼怒了，他站起来大叫着，"我已经受够了，不管你相不相信，我已经决定洗手不干了，我会静等着警察来把我抓走，我不会逃跑，也不会反抗，如果你痛恨我，可以来继续打我几拳，我不还手。"

我紧盯着他的脸，不知道该不该相信他。我摇了摇头，后退了几步，打开了门，对他说："法院开庭审判你的那一天，我会到法庭上来的。"

我冲下了楼梯，Rose 还静静地坐着，我和她对视了一眼，没有说话，或者说我们用眼睛说了一句话。然后，我走出了诊所。

THE VIRUS
2月6日

　　我一个人在家里，没有上网，赶着写一篇小说，自从冬至那天起，我已经很久没有写作了。我想，我应该从最近发生的这些奇怪的事里解脱出来了，我不能永远生活在恐惧中，与其说我恐惧，不如说我对恐惧感到恐惧。永别了吧，"古墓幽魂"。

　　门铃响了，是叶萧，他不是去北京开会了吗？

　　"我刚下飞机，从机场出来，没有回家，直接到你这里来的。"他第一次到我这里来，有些拘谨，而且从他的脸色可以看得出他刚下飞机非常疲惫，不过我觉得他的精神状态更加疲惫。

　　"会开得那么快？"

　　"无非是些关于防范计算机犯罪的例行公事罢了。会上有好几个我的大学同学，他们告诉我，在他们的省市里也发生了无缘无故的自杀事件，死者在自杀前的一个月内均频繁地登录过'古墓幽魂'。"

　　"真有这回事？"我又提起了兴趣。

　　"你好像曾经查过同治皇帝的资料？特别是他的皇后？"

"迷宫游戏就在同治皇帝的陵墓里。"

"我在北京这些天，以办案为名，查阅了清代宫廷档案，得到了同治的皇后阿鲁特氏的资料。有些记载非常特殊，不太寻常。"叶萧停顿了下来。

"什么意思？"

"可能只是些传说。在阿鲁特氏小的时候，她的父亲给她从西藏请了一个大喇嘛做老师。阿鲁特氏是蒙古人，虽然她父亲精通汉文与儒学，曾于翰林院供职，但像大多数蒙古人一样信仰藏密的黄教。据说这位大喇嘛有起死回生之术，浪迹于蒙藏各地，传言他曾经使一个被埋入坟墓达数十年的死人复生。后来，阿鲁特氏成为皇后进宫以后，大喇嘛离开了北京，回到了西藏的一座寺庙里。更加离奇的是，人们传说，在阿鲁特氏为同治皇帝殉情而吞金自杀的同一天晚上，几乎是同一时刻，这位远在西藏的大喇嘛也突然圆寂，死因不明，当寺庙里的喇嘛们准备将他火化的时候，他的遗体居然不见了。当然，这一切只是些传闻而已，从来没有得到过证实，而那个大喇嘛，更是虚无缥缈，连名字都没有留下，可能根本就不曾存在过。我只是很奇怪，这些传说纯属无稽之谈，怎么会写进清宫的机密档案。"

"的确难以理解，可能清宫档案本身就是太监们闲来无聊吹牛皮吹出来的吧。"

"呵，别扯了。其实，这几天我除了北京以外，还去了另外一个地方。"

"是哪里？"

"清东陵。"

我的心头突然一跳，一听到这三个字，我内心深处的那些恐惧就像泡沫一样浮动了起来："你怎么会去那儿？"

"为了解开我心头的疑云，必须要去一次。清东陵离北京很近，车程只要两个多小时。东陵要比想象中的大多了。每一座陵墓占地极广，陵墓间的距离也很远，我参观了所有对外开放的陵墓，比如最有名的慈禧陵和乾隆陵，还有那个香妃的陵墓。"

"那么同治皇帝的惠陵呢？"我迫不及待地问。

"也可以参观，但与其他被盗掘过的陵墓不同，目前惠陵的地宫还没有对外开放，至于原因也不清楚。相比别的地方，惠陵的游人比较少，我去的时候也不是双休日，而惠陵本身是东陵所有帝陵中规模最小质量最差的一座，总之给人一种萧条凄凉的感觉。几十年过去了，时过境迁，实地勘查也看不出什么，于是我询问了当地的管理人员，他们为我翻阅了一些档案，1945 年的时候，惠陵的确遭到过盗掘。"

"我在书上看到过，还以为是道听途说的呢。"

"不是道听途说，确实发生过这件事，盗墓贼们发现皇后的遗体完好无损，这件事也是真实的。那天我找到了当地的公安机关负责档案管理的部门。1945 年的大规模盗墓事件发生以后，当地政府采取了一些措施，抓获了三百多名盗墓贼，并对他们进行了审讯。虽然解放前的档案非常少，但还保留着几份当时遗留下来的笔录。我查阅了几份与惠陵有关的笔录，都提到了皇后的遗体完好，而皇帝的遗体则彻底腐烂，被审讯的盗墓者在笔录中都留下了当时在地宫中对此大为惊讶的字句。还有一份笔录，是那名亲手剖开了皇后的腹部搜寻黄金的盗墓贼留下的，他说当剖开皇后的肚子，把手伸进去以后，发觉皇后的腹腔内还残留着一些体温。"

"天哪。"善于想象的我脑子里立刻浮现出了一个人把手伸进一个赤裸裸的女人的腹腔，把她的肚肠拉出来的令人作呕的画面。

"别害怕，我想可能是那个丧心病狂的家伙做贼心虚，产生了幻想吧，事实上，那家伙在接受审讯不久就暴死在狱中了。"叶萧安慰着我。

"那他从皇后的肚子里找到了金子吗？"

"据他供认，他找到了一个金戒指。不过，更令人吃惊的是，当初这些进入惠陵地宫的人，除了被当地政府抓住处决的以外，其余大多数人在很短的时间内死亡了，当然，死因各种各样的都有，有的是分赃不均互相火并，有的是死在战火中，但更多的是意外死亡，比如失足掉到河里淹死，突然被一场大火烧死，还有的，则是真正的自杀。当然，因为年代久远，许多资料都是根据后来一些第三人口述的，可能带有许多因果报应的主观色彩，很难说是真是假。"

他又停了下来，可能太累了。

我对他说："别说了，你的收获很大，快回去休息吧。"

"不，我在当地还发现了一件奇怪的事。"他又重新打起了精神，压低了声音说，"根据当地文史资料的记载，1945年，东陵盗墓事件发生以后，南京国民政府曾经派遣了一个调查组来到东陵。他们曾经在刚被盗掘不久的地宫仍然大开着的惠陵驻扎了好几天。据记载，这个调查组的组长是当时中国一位有名的人体生理学家端木一云。我看着这份之前没人看过的档案疑惑了半天，既然是调查盗墓事件，应该派刑事专家和考古专家，为什么要派人体生理学家去呢？完全驴唇不对马嘴啊。这个调查组只在东陵待了几天工夫，就撤离了。接着就没有其他任何记载了。"

"也许其中还有什么我们所不知道的内情？"

"非常有可能。我们不能再冒险上'古墓幽魂'了，一个月来，受害者还在继续增加。我想，只有追根溯源的调查，才是最安全的。"

"好的，过几天我们去档案馆再去查查资料。"

"行，我先走了，我真的太累了。"叶萧告辞后匆匆走了。

空空荡荡的房间里又剩下我一个人了，我的心跳突然加快了。

THE VIRUS
2 月 7 日

今天是元宵节，是中国人欢度春节团圆的收官之日。

我不知道自己为什么又来到了心理诊所，说实话，我很讨厌这个地方，我不愿意再见到莫医生，除非在审判他的时候。但我却来了，我明白，这是因为 Rose。我的心里忽然有了某种莫名其妙的酸涩感，黄韵的影子又出现了，每当我想起 Rose，黄韵的脸就会同时浮现出来。我毕竟曾经决定做黄韵名义上的丈夫，尽管我只是一个替身的替身。

按了按门铃，没人开门，我推了推门，一把就推开了，原来门是虚掩着的。Rose 的办公桌还在，人却不见了，空荡荡的，让人有些害怕。我走上了楼梯，推开了二楼房间的门。我看到 Rose 在里面低着头整理着许多东西，却没有看到莫医生。

"你好，怎么是你？"她很快就察觉到了我的存在，回过头来向我问好。

"没什么，是想来看看莫医生，他不在吗？"我撒了谎，我才不会来看莫医生呢，我就是来看她的。

她却叹了一口气，走到我跟前说："今天早上，来了一些警察，带走了莫医生，他们出示了逮捕证，罪名是诈骗和强奸，还有无证营业和非法行医。"

"果然如此。你知道吗，上次他亲口对我说，他曾在这间房间里对他的女病人……不说了。"我差点就把那些肮脏的词语说出口，但看到Rose清澈的眼睛，我什么都说不出来。

"我不知道，莫医生什么话也没说，就跟他们走了。"

"那你现在在干什么？"

"整理一些东西，与病人们联系让他们不要再来了，很快公安局就会把这里查封的。"她一边说一边捧起一大堆文件。我立刻上去帮她接了过来。

"Rose，听我说，不要再做什么了，既然这里要被查封了，你就快些走吧，这都是些骗人的东西。"我翻开了其中几页，大部分都是一片空白，有的也只是些记录病人自述的鬼话。翻着翻着，我看到了莫医生办公桌上的台历，在今天的记事栏里面，写着几个钢笔字——她在地宫里。

又是"她在地宫里"！这些天来，这五个字已经令我的精神几乎崩溃，我对这些字产生了一种条件反射似的恐惧，我立刻把眼睛闭上，随后还是睁开了眼睛，就像过去看恐怖片时，最紧张的那一刻大多数人都有一种既想看清楚又想闭上眼睛的矛盾的心理。

这几个字写得很潦草，似乎非常匆忙，最后的几个笔画已经有些变形了，"宫"字最下面的那一笔旁边是一大块蓝色的墨水印迹，也许最后他太用力了。

"对不起，Rose，你来看看，这是不是莫医生的笔迹？"我想确认一下。

她看了看："是的，是他亲笔写的。'她在地宫里'？什么意思？"

"Rose，你不知道吗？"

"看不懂这五个字。"

"过去也从来没看到过？"

"是的。有什么不对？"

我长出了一口气，悬着的心放下了："没什么不对，这很好，很好。"

她继续整理着那些无聊的文件。我突然把手压在了她要拿的东西上，大着胆子说："Rose，别管这些东西了，你得想想今后。"

她对我笑了笑："我想我会找到新的工作的。"

"现在就离开这里吧。"

她犹豫了一会儿，最后点了点头，和我·起下了楼。她最后看了四周一眼，摸了摸她的办公桌和电话，轻轻地说："其实我挺喜欢这里的。"

"如果没有莫医生，这里的确是一个清静的好地方，连我也想在这里工作啊。"

"算了，人不能永远生活在寂静中。"她自言自语道。

"说得对。"

打开门，外面却在下雨，一个雨中的元宵节。她找到了一把伞，对我说："一块儿走吧。"

我们挤在同一把伞下，离开了诊所。我回头望着这栋小楼，也许是最后一眼了。

雨中的元宵节的确很特别，少了些热闹，多了些中国式的浪漫，我胡思乱想着，因为和 Rose 在同一把伞下，我们的头几乎靠在了一起，这种体验我从来没有过，心里有些紧张，不知所措。已经快六点了，天色昏暗，在风雨交加中我对她说："现在太晚了，你想去哪儿？"

"你说吧。"她淡淡地回答。

我带她走进了一家我喜欢的小餐厅，点了些本邦菜。这可是我第一次请女孩子吃饭，可是我却什么都不懂，只顾着自己狼吞虎咽，她吃得很少，而且净吃些素食。等我吃完了，她只动了几次筷子。

"为什么吃得那么少？别是生病了吧。"

"因为——因为我在减肥。"她轻轻地笑了出来，我也笑了。

走出餐厅，雨丝还在天空中飘着，城市夜晚斑斓的灯火使得这些雨丝带上了色彩，五颜六色地飞扬着。

"我送你回家吧。"我又鼓起了勇气。

她点了点头，带着我走过一条小马路，那里离音乐学院不远，在一个街心花园里，我见到那尊有名的普希金雕像正孤独地站立在雨中。Rose 也注意到了，对我说："我每天都能看到他，你知道吗，他很孤独，独自站在马路中心。其实石头也是有生命的，每一样东西都是有生命的。雕像也会思考，他也有与人一样的感情和思维，从这个角度来看，他是活着的，他是永远不死的。因为——生命是可以永存的。"

"我没想到你还真有想象力。"我的确有些意外。

"随便想想，快些走吧，别打搅他，也许他正在雨中写着诗呢。"她笑着说，笑声在雨丝中飘荡着。

我们又穿过两条横马路，拐进了一条弄堂。这里不同于石库门或是新式里弄，而是另一种样子，两边都是法国式的小楼，每一栋楼前都有一个小花园。我跟着她走进了一栋小楼，过去这些小楼应该都是独门独户的，而现在则分成了"七十二家房客"。她租的房间位于三楼，总共两居室，虽然都不大，加在一块才二十多平方米，但有独立的卫生间，还有一个小阳台。

Rose 的房间非常整洁，一尘不染，与我的房子形成了鲜明的对比。

房间的摆设非常简单，白色的基调，还有一张玻璃桌子，和一台电脑。

"你要喝什么？"她很殷勤地问。

"不，我马上就走了。你上网吗？"我对着电脑问她。

"是的，我在大学学的就是计算机。"

"哦。"我点了点头，然后站了起来对她说，"Rose，忘了莫医生吧。不要再见他，他完蛋了，最起码要判个死缓。你应该去找一个好工作，比如计算机公司。"

"谢谢。"

"我走了。再见。"

走出她的房门，没几步，她又追了上来，将那把伞塞在我的手里，嘱咐说："雨越下越大了，带着伞走吧。别淋湿了。"

我撑着伞走进雨幕，总觉得送伞这情节怎么那么熟悉，这也太老套了。我对自己笑了起来。

雨夜茫茫。

THE VIRUS
2月9日

在档案馆的门口，我和叶萧会合了。走进档案室长长的过道，他轻声地对我说："莫医生死了。"

"死了？"我大吃一惊。

"就在他被逮捕的当天晚上，在看守所里，他用头撞墙活活撞死了。"

"撞墙自杀？我从没听说过有这种死法。"

"的确奇怪，总之他死得挺惨的，额头都撞烂了，诊断为颅骨骨折，肯定撞了一整夜。"他尽量压低声音，我们已经走进了档案室。

"他是畏罪自杀。"我脱口而出。

"轻点。"他向四周环视了一圈，档案室里没多少人，安静得能听清所有的声音，他继续说："现在原因还没有查明，不要妄下结论。"

"也许他是良心发现，以死来忏悔？"

"有可能吧。"

我突然想起了莫医生被捕那天在他的办公桌的台历上写着的那些字，再联想起"古墓幽魂"和林树在死前发给我的E-mail，还有陆白，

107

撞墙自杀的莫医生与他们都有共同点。难道，莫医生也和他们一样？我把这个突如其来的担心告诉了叶萧。

"我担心的正是这个。"叶萧缓缓地说，"虽然莫医生是个骗子、强奸犯，这是确凿无疑的。但同时他可能也是'古墓幽魂'的受害者。"

"我们离真相还很远。"

"是的。快些查吧。"叶萧熟练地翻了起来，他查的是1945年上海的医学研究档案。

"怎么查这个？"我有些不解。

"1945年盗墓事件以后，南京政府派出的调查组组长是人体生理学专家端木一云，他肯定去过被盗后的惠陵。抗战胜利以后，他把工作室迁回了上海，但不久后他就去世了。我们就从这里查起。"

他从人名开始查起，姓端木又搞医学的人很少，很快我们就查到了端木一云工作室的档案。档案上做着一些笼统的记载——

> 1945年秋天，端木的工作室从重庆迁回上海。刚到上海不久，他就成为东陵盗墓事件调查组的组长，事实上，该调查组只是假借了南京政府的名义，其实是他自己成立的。"调查组"在东陵内只停留了七天，其中五天是在惠陵。不久即回到上海。

"就这么点？"

"最重要的不是这个，而是附在档案后面的文件。"说着，叶萧在一沓文件中翻阅了起来，这些都是1945年工作室留下的各种各样的文件。纸张都已经泛黄，密密麻麻地写着钢笔字，格式也各不相同，显得杂乱无章。

"你看，"叶萧指着一沓文件说，"这里的大部分文件上都写着

ALT 实验。"

果然如此，这些文件都装订好了，外套的封面上写着"ALT 实验"。再翻看里面的内容，全是些医学方面的专业术语，再加上都是非常潦草的繁体字，我看不太明白。

文件的第三页里夹着一张报告纸，开头写着："实验计划一"——

民国三十四年十月二十五日晚二十一点二十分，ALT 抵达上海西站。

二十二点四十分，ALT 抵达工作室。

十月二十六日上午十点整，第一次检验。

十月二十七日下午十四点整，第二次检验。

十月二十八日下午十五点整，第三次检验。

十一月一日，正式提交检验报告。

我知道，民国三十四年就是 1945 年，而 ALT 又是什么？也许是某种药品，或是端木一云的英文名字？我继续翻下去，到了第八页，我的目光看到了一张西式的表格，表格上赫然写着四个字"验尸报告"。我轻声地念了起来——

女尸身高：165 厘米

女尸体重：50.3 千克

女尸生前年龄：以 X 光检测大约 20 岁至 22 岁间

女尸血型：采用凝集抑制试验法，测出其血型为 O 型

备注：

1. 女尸腹部的原有切口长 12 厘米，现已自然愈合。

2. 女尸脚掌长 26 厘米，与现代女子的脚掌长度相同。

3. 女尸胸围 79 厘米，腰围 67 厘米，臀围 86 厘米。

4. 女尸生前未曾生育过。

5. 女尸牙齿完好。

6. 皮肤表面及体内没有发现任何防腐物质。

7. 通过检查，基本上没有发现女尸有通常的失水、萎缩等现象，肌肉富有弹性，关节可以正常转动，综合以上各点，得出结论：女尸保存完好无损，建议不宜进行尸体解剖。

端木一云

民国三十四年十月二十六日

看完以后，我的手有些麻木了，我把这张纸交给了叶萧。

他一言不发地看完以后，锁起眉头静默了一会儿，轻声说："难以置信。居然有这种事，这女尸难道就是同治的皇后？如果真的是皇后阿鲁特氏的话，那么所谓的 ALT 实验应该就是阿鲁特实验，ALT 就是阿鲁特的首字母缩写。怪不得端木一云要到东陵去，还特地要去惠陵，原来他要的是皇后的遗体，也就是说，皇后已经被他运到上海来了。"

"太不可思议了，会不会是伪造的文件？"

"不会，我在公安大学学过档案鉴别，这些文件和档案应该都是真的。来，我来翻。"他继续向后翻去。

我长吁出一口气，思量着刚才那张尸检报告，太离奇了，如此说来上回我看到那本书上的记载是千真万确的。屈指一算，皇后死于光绪元年，也就是 1875 年，到 1945 年也有七十年了，七十年尸体完好无损，而且居然没有任何防腐措施。而慈禧被孙殿英挖出来的时候才死了二十年，一出棺材尸体就有些坏了，倒应了恶有恶报善有善报这句话。我想起了过去家里的老人去世以后的样子，那种肤色与活人是完全两样的，而且关节非常僵硬，根本就扳不动，就算经过化妆进到追悼会的玻璃棺材里也会有些不同的，何况皇后死了七十年，即便从被拉出棺材算起，到上海也至少要十多天，正常人死亡十多天后也会坏掉的。更加离谱的是，这份验尸报告上居然还有女尸的三围数字，按今天的标准，这个三围该算是很棒的身材了，一个死了那么多年的女人，早就该干瘪萎缩了，腰围暂且不说，胸围和臀围还那么丰盈实在惊人。

总之，这事太奇怪了，古埃及人的木乃伊是经过了复杂的防腐处理的，虽然号称是保存完好，但按我们普通人来看，它们已经面目全非。据我所知，中国的防腐技术也源远流长，长沙马王堆汉墓就出土过一具女尸，浸泡在棺液内，没有腐烂，但我看过那幅照片，其实已经萎缩得很厉害了。

最不正常的就是，女尸腹部的切口居然已经自然愈合，死人的伤口怎么可能自己愈合？会不会是端木一云那家伙老糊涂，搞错了，把一个刚刚死亡的女人的尸体错当成皇后的遗体了呢？

我实在弄不明白，回过头来，叶萧还在仔细地看着那份“ALT实验”。我拿起了另外一沓文件，在中间，我看到了一本黑色封面的大本子，翻开来一看，第一页上写着——民国三十四年工作日志。

我粗略地翻了翻，全是日记体，每一天都有，只是有的一天有很多内容，密密麻麻的，有的一天只是一句话而已。从1945年1月1日一直写到11月8日。我从头看起，没什么特别的内容，无非是某月某日做了某项实验，全是些专业用语，我看不太懂。我索性翻到了后面：

8月15日

“今天重庆的大街小巷上传遍了日本天皇颁布投降诏书的消

111

息，八年的抗战终于胜利了，我们终于能回到上海了。"

9 月 10 日

"上海到了，下了船，我们直奔同天路 79 号，我的工作室又重新开始工作了。"

10 月 10 日

"今天是中华民国之生日，接到我在北平的一位朋友写来的一封信，他告诉我一件非常奇怪的事——

端木吾兄台鉴：

上月，清东陵发生一起大规模盗墓事件，其中同治皇帝之惠陵亦在劫难逃。盗匪开棺以后，发现同治皇帝已成一堆枯骨，而皇后之玉体则安然无恙，宛如活人。现皇后之遗体已在被打开之地宫内横陈数日，玉体依然，毫无腐烂之象，此事系鄙人亲眼所见，无半点虚言，实属匪夷所思。

小弟安有

今天晚上，我一整夜没有睡觉，我大为震惊，居然有这等事，如果确实属实，则这位同治皇后之玉体一定非同寻常，从人体生理学的角度而言，有极高的研究价值，若能对此遗体进行科学的检测，并进而得出某些结果的话，恐怕将是划时代的发现，将大大造福人类。我必须要向南京政府报告，去东陵一次，不管有多困难。"

10 月 13 日

"南京政府的官僚们都是酒囊饭袋之徒，到今天才批准我们以国府调查组的名义去东陵，并派当地警察负责保卫。今晚的火车就要出发了，我们将取道天津去东陵，我现在很兴奋。"

10 月 16 日

"经过长途跋涉，路上兵匪难分，我们终于抵达了东陵，果然一派破败的景象，惨不忍睹。

我们立刻赶往同治皇帝的惠陵，地宫的大门开着，我们点着火把，在若干当地警察的陪同下走进地宫。地宫内阴风惨惨，一团漆黑，若无火把，我等断然不敢入内，穿过几道大石门，人人均已股栗，互相张望皆面色苍白，宛如死人。已有几个胆小者向后逃去，或者蹲下啜泣。我亦胆寒，然最终为了科学，为了人类的未来，率领诸位进入了最后的地宫。

地宫之景象颇为凄凉，两口巨大的金丝楠木棺材列于中心，均已被移动位置，棺盖已不翼而飞，据闻地宫内原有无数宝藏，已被数批盗匪悉数掠走。在墓室之东南角，我等终于发现了皇后的玉体。在火把之下，吾目睹此一奇迹，果然，完好无损，皇后赤身裸体，肌肤雪白如玉，但绝非通常所见死人之苍白，乍看之下，恰似一幅妙龄美人春睡图，甚至撩动男子心弦，令吾辈心猿意马。只是，皇后腹部有一切口，肚肠流出，据说是一名穷凶极恶之徒为搜寻当年皇后吞金自杀时的黄金而对皇后玉体剖腹，此贼实在罪大恶极，合当处以极刑。

吾戴上经消毒的橡胶手套，将皇后流出体外之肚肠塞回其体内，已死近七十载，内脏居然完好无损，柔软如常人。吾之手触及皇后体内之腹腔时，手感宛如平日给人开刀做腹部手术之感觉。吾当即用针将其腹部切口缝合，吾壮起胆量，扶起皇后玉体，居然毫无那

113

种死尸僵硬的感觉，皇后玉体柔软，肌肤富于弹性，可以九十度坐直，关节可以转动。若不是皇后之玉体冰凉，我等断然无法相信她已是死去多年之人。我退到一边，开始观测地宫的环境，地宫有些渗水，并非完全密封之状态，空气虽然稀薄，但尚无法防止腐烂，可以肯定地宫之环境与皇后之玉体不腐没有直接关系。

不久，同治皇帝之遗骸被发现，已成一堆彻底腐烂的枯骨。据史载，同治皇帝与皇后是在一个多月之内先后死亡的，两人死时均为二十妙龄之青年，又是同时下葬，保存环境完全相同，为何结果却会如此不同？吾百思而不得其解也。"

10 月 23 日

"今天我们启程回上海，这里的环境太糟糕了，四周盗贼横行，所谓保护的警察也是顺手牵羊之徒，此地实在不宜久留。而皇后，我更不能让她的玉体留在地宫之中，必须把她运回上海的工作室，进行深入的研究，把所有的谜团解开。我定做了一个轻便的棺材，将皇后之玉体放入其中，再将棺材封死，然后重金雇用民夫抬上汽车，运往天津，再由天津坐火车返上海。

10 月 25 日

"经过艰难的旅途，现在是晚上，我坐在火车里。我们包下了一节车厢，皇后玉体的棺材正在我身边。火车摇摇晃晃，要到上海了。我在车窗旁沉思着，如果我们可以解开皇后不腐之谜，那么人类自身将会得到巨大的改变。也许我们不再需要坟墓，死去的亲人们可以永远宛如活着一样，在我们身边被长久纪念。每当我们看着自己死去的亲人被放入棺木，埋入土中，那种永别的痛苦是多么巨大，我们每个人的心灵也许都经受过这种创伤。也许，等得到新的发现以后，未来，死亡将不再可怕，死亡只是回家，就像庄子那样，我们鼓盆而歌。死亡就是永生。我突然冒出了这个念头，再回头看看那具棺材，我的心跳忽然加快了。"

10月26日

"因为工作室位于一栋西式楼房内，其中还有许多政府机构的人员，为了避免被更多的人知道，我将皇后的玉体放在地下室的一个玻璃棺材里，而且地下室的环境也类似于地宫与墓室。我们在地下室里进行了第一次尸体检验，结果证实了我的判断，皇后的玉体完好无损。我决定进行第二步，也就是解剖，当我即将写下解剖计划的时候，突然住手了，我觉得不应该解剖，从科学的角度而言，尸体解剖是最有效的手段。但是，面对着完美无缺的皇后，是的，她完美无缺地躺在我面前，就连腹部的切口也奇迹般地愈合了。如果拿着手术刀，再一次切开她的腹腔——我无法想象，这是犯罪。自学医以来，我已经解剖过无数死人了，解剖开尸体的胸腔或腹腔对我来说，简直是易如反掌，家常便饭一般，但是面对皇后的玉体，我却下不了手。因为，我丝毫不感觉她是一个死人，她在我面前，就好像是一个睡着了的美女，我怎么能解剖一个睡着了的人？在这瞬间，我非常痛苦。最终，我在验尸报告上签名：女尸不宜进行解剖。"

10月27日

"今日是第二次检验，与昨天相同的结果。"

10 月 28 日

"第三次检验，没有新的发现。从 10 月 16 日到现在已经整整十二天了，在这十二天里，我们没有给皇后的玉体做过任何防腐措施，是为了保持其原貌。我曾经做过猜测，会不会有好事之徒把一个刚刚死去的女子剥光了衣服扔在地宫里冒充是皇后来欺骗我们，现在看来是绝无这种可能了，就算是 16 日当天刚刚死亡的，到了今天，就算保存再好也会有变化的。而现在皇后的玉体与我十二天前看到的还是一模一样，除了腹部切口。这绝对是一个奇迹，过去我是不相信奇迹的，现在我相信了，尽管目前还无法解释，但总有一天，我能用科学的方法做出解释的。"

10 月 29 日、10 月 30 日、10 月 31 日，三天都没有任何内容。

11 月 1 日

"今天要正式提交检验报告了，我不知道报告该怎么写，我的工作室是政府所有的，南京政府那些人是不会理睬这份报告的，就算看了，他们也不会有人相信。最近这些天，我的心里总有一股特殊的感觉，尤其当我靠近皇后玉体的时候。"

11 月 2 日

"今天我的得力助手杨子素死了，死因非常奇怪，他是自己把自己给掐死的。这样的死法我从来没见过，因为当人呼吸困难时，手上也就没有力气了。昨天晚上，他在工作室里值班，今天早上，当我走进安放皇后玉体的地下室时，发现他已经断了气，估计是在午夜零点到一点间死亡的。他的眼睛睁着，样子非常可怕，死不瞑目，直盯着躺在玻璃棺材里的皇后玉体。我看着他的眼睛，又看了看安静地睡着了一般的皇后，我的心里忽然泛起了一种恐惧。"

11 月 3 日
"今天晚上，我决定由我自己守在地下室里值班。"

日志到此为止了，11 月 3 日是最后一页。我的头有些晕，仔细地想着刚才看到的那些内容，什么话都说不出，端木一云的文字有些奇怪，一会儿文言，一会儿白话，可能当时人们的书面语就是半文半白的吧。我合上了这本"工作日志"，再也不敢看第二遍了，我把它交到了叶萧手中。

叶萧看完了以后，脸色变得苍白，他缓缓地说："端木一云的档案上写着他死于 1945 年 11 月 3 日子夜，死因是静脉注射。"

"静脉注射？"我有些迷惑。

"是他自己给自己注射的，是自杀。"

"我真的有些害怕了。"

"说实话，我也是。来，你看看这一份文件，你前面看工作日志的时候，我在 ALT 实验的最后一页找到的。"他把文件给了我。

我又壮着胆子看了起来——

关于 ALT 实验过程中死亡事件的调查报告

由于在 ALT 实验过程中发生了两起死亡事件，死者为著名人体生理学家端木一云先生及其主要助手杨子素，虽确定为自杀，但自杀原因不明。国府决定就此事进行调查。现列出端木工作室工作

117

人员张开的供词如下——

　　我叫张开，今年二十六岁，是端木先生的学生，也是他的工作室的成员。我是跟着端木先生一同去东陵的，参与了他所有的活动和实验。我们带着皇后的遗体回到上海以后，暂时把皇后安放在地下室里，我们对皇后的遗体进行了除解剖以外的所有检验，得出了遗体完好无损的结果。在 10 月 31 日晚上，杨子素请我在百乐门吃晚饭，他这些天的精神非常差，我问他什么原因，他却不肯回答。后来，我们喝了许多酒，他的酒量差，很快就喝醉了，他喝醉了以后说了许多话，我还记得其中几句，他对我说："张开，我爱上了一个女人。"

　　"真的，快告诉我，是谁？是不是那个新调来的刘小姐？"我问他。

　　"不是。"他摇了摇头，样子看上去很痛苦，又喝了一口酒。

　　"子素，别再喝了，瞧你醉的。"

　　"不，我心里很苦闷，因为我爱上了一个女人。"他又喝了一口酒。

　　"到底你爱上了谁呢？"我伸出手去夺他的酒杯。

　　"你不会相信的。"他推开了我的手。

　　"我相信。"我想他说出来心情就会好一些了。

　　"我爱上了——皇后。"

　　"谁？"

　　"皇后。"

　　"你喝多了，我扶你回家吧。"

　　"我没喝多，我现在越来越清醒了，当我们在惠陵的地宫里第一次见到皇后的玉体的时候，我就被她吸引住了，我这一生，从来没有见过那么美丽的女子。回到上海以后，有许多回我单独面对着她，每当看着她的时候，我总是以为面前的是一个睡着了的女人，而不是具尸体。我默默地看着她，虽然是医科大学毕业的，但我觉得我自己在她面前是一个渺小的生命，而她，则是永生的女神。对，女神，我爱她，我崇拜她，我对她顶礼膜拜，我会为她而死，用我的生命来做她的祭品。"

"你疯了。"

"我知道你不会相信的。那晚，我突然有了一种冲动，我想抚摸她，当独自一人在地下室里时，我私自打开了玻璃棺材，我抚摸着她的身体，虽然她的身体是那样冰凉，但我感觉像是抚摸着我的妻子。我突然想到了什么，于是大着胆子，撩起了她紧闭着的眼皮。天哪，我觉得她在看着我，我真的有这种感觉，就像现在你看着我一样。她的眼白和眼珠保存得完好，瞳孔居然没有放大，与正常人的一样大小。她的眼睛里闪着一种光芒，白色的光芒。忽然，我看到，她的眼角起了某种变化，眼眶的下缘开始变得潮湿起来，一些液体出现了，从她的眼眶里流了出来，顺着眼角流下了脸颊。我吓得浑身发抖，手足无措，我用手碰了碰那些液体，居然是温的，我又把这些液体放到了自己的嘴里尝了尝，咸咸的，天哪，这是眼泪，人的眼泪。根据我的医学知识，这绝对不可能是尸液，毫无疑问，是眼泪，是从她的泪腺里分泌出来的眼泪。我……对不起，我说不下去了……"

然后，他立刻离开了餐厅，独自一人消失了。当时，我觉得他是喝多了，这是醉酒之后的胡说八道。没想到，两天后，就发现他死在地下室里，死在皇后的遗体前。

调查结论：

一、以上供词纯属胡编乱造，妖言惑众，开除张开公职，永不录用。

二、至于端木一云与杨子素两人之死因，建议暂时对外宣布两人因工作压力较大而精神崩溃自杀。

三、端木一云工作室立刻解散。

四、停止 ALT 实验。

五、同治皇后的遗体暂时存放于地下室内。

民国三十四年十一月二十日

我把文件放回到了实验报告里。我又仔细地搜寻了一遍，没有再发现其他有用的东西。最晚是 1945 年 12 月的，大致是些工作室解散后的善后处理，没有提到皇后的遗体。

这时候我突然感到肚子叫了起来，原来我们已经足足在档案室里待了一整天，午饭都没有吃，现在工作人员已经在清场了。我和叶萧走出档案馆，出去吃了些东西。

我一边吃，一边问叶萧："明天我们去哪儿？"

他淡淡地回答："明天，我们去找皇后。"

叶萧的眼睛里仿佛看到了什么。

窗外是上海的冬夜。

THE VIRUS
2月10日

这是一栋黑色的建筑，大约四五层楼的样子，既没有外滩与南京路的大厦的气势，也没有淮海西路的小洋楼的典雅。这栋黑色的房子给人一种阴沉压抑的感觉，像一个坚固的中世纪城堡立在两条小马路中间，没有多少人注意到它的存在，除了我和叶萧。

我们走到大门口，门牌号码上写着"南湖路 125 号"。叶萧对我说："解放前，这里的门牌号是同天路 79 号。"

"也就是端木一云工作日志里他的工作室的地址。"我接着说。

"对，我查过了，这栋建筑是日本人于 1942 年修筑的，是当时日本陆军的一个机密部门的指挥所。抗战胜利以后，国民政府接管了这里，设立了当时行政院卫生部的一个研究机构，端木一云工作室是其中的一个部分。昨天在档案馆里，我们看到那份 ALT 实验中死亡事件的调查报告里最后写着停止 ATL 实验，并且，皇后的遗体暂时存放于地下室。"

"我明白了，你说我们今天来找皇后，就是来这里。"

121

他却叹了一口气："那要看我们的运气好不好了，也许只有百分之十的可能性，因为文件里写着的是遗体暂时存放于地下室，而后面的档案都没有了。也许随着工作室的解散，遗体被销毁了，或者被带到了台湾。所以，我们无法排除后来皇后的遗体又被运到了别的什么地方的可能。"

"但愿皇后还在这里。"我又仰头望着这栋建筑黑色的外墙，心头一通狂跳。

叶萧带着我走进了大门，这里现在是家事业单位，人很少，大楼里显得空空荡荡的，我们找到了这里的负责人，叶萧亮出了他的公安局工作证，询问了这栋建筑的一些情况。这里的人对这栋楼似乎也不太熟悉，什么也回答不出来。最后，叶萧问到了地下室。

"地下室嘛，从来没有被打开过，没人知道里面有什么，不过你们如果要看一看的话也可以。"说罢，这个负责人从一个保险箱里找出了一把又大又沉的钥匙，"几十年没用过了，不知道还能不能打开，你们就试试运气吧。要不要我陪你们去？"

"不用了，我们自己去，谢谢你们的配合。"叶萧拿了钥匙，就和我直奔地下室。

在底楼一个不起眼的角落里，我们找到了地下室的大门，是钢做的，看起来非常坚固，叶萧把钥匙插入了锁眼里。几十年过去了，锁眼里有许多铁锈，他费了很大的力气才把锁打开。接着，他推开了大门。

门里是一排向下的台阶。我们往下看了看，黑漆漆的什么也看不清，只有一股凉意从深处冒了出来。

我壮着胆子刚要往下走，叶萧拉住了我，他转到了地下室大门旁边，这里有一排老式的电闸，他把电闸推了上去。地下室的深处突然出现了一线光亮。

"你真行。"

"好了，下去吧。"叶萧走下了台阶，我紧紧跟在他后面。

台阶很宽，大约可以并肩站五六个人。四周都是冰冷的墙壁，粉刷的石灰都脱落了，我们小心地往下走着，循着前面的一束微光。大约一分钟以后，我们见到了顶上一个电灯泡，发出黄色的灯光。台阶继续向下，我们又走了一分钟，估计现在我们离地面的垂直距离大概已经有十多米了，可我们还在继续往下走。

"怎么一个地下室有这么深？"我终于问了一句，没想到我的声音在长长的地道里发出了好几声回声，我被惊得差点从台阶上掉下去，叶萧拉了我一把。

"当心，这里过去是日本陆军的一个部门，这个地下室是日本军方造的，我估计当时可能有什么军事作用，比如防空，所以造得很深很大。"叶萧提醒了我。

我们继续向下走去，一路上见到了好几个发出黄色灯光的电灯泡。我忽然想到了昨天在档案馆里，看到端木一云的工作日志里写他之所以要把皇后的遗体放在地下室里，是为了模仿惠陵地宫的环境。一想到这个，我的心里就泛起了凉意，怪不得他要选择这里，果然，在这里我有一种进入坟墓的感觉，就像是玩'古墓幽魂'里最后那个迷宫游戏的那种气氛，而这里，也是一种虚拟，和真实一样恐惧的虚拟，让我突然喘不过气来。我和叶萧都屏住了呼吸，默不作声，只能听到自己的脚步声和回声。在这种环境下，我想任何一个人都会产生一种进入地宫的感觉，会不知不觉地把自己当作是一个盗墓贼，古时候的盗墓者，多数是两个人搭档行动，而且两人最好有亲属关系，就像现在我和叶萧，我不知道自己为什么会想到这个。但我明白，我们现在进入这里的目的，在某种程度上与盗墓者们是一样的 —— 寻找皇后。

皇后会不会在里面？我的心又被什么东西扭了一把，脑子里突然出现了一个赤身裸体的女人的形象，但这个形象不会给我带来任何兴奋，而是死亡和恐惧。我突然停住了。

"我不想下去了。"我轻轻地说。

叶萧回过头来，黄色的灯光照着他的眼睛："说实话，我也害怕。"

"那，我们回去吧。"

"如果回头，我们会更害怕。"

我不敢回头，向他点了点头，我们继续向下走去。

终于走到了台阶的尽头，一扇黑色的铁门在黄色的灯光下阻拦了我们。叶萧试着用手推了推这扇门，门没有锁，是虚掩的，我们走进了这扇门。我会看到什么？

在浑浊而又冰凉潮湿的空气里，我们看到这是一个很大的空间，大约有一百多个平方米，顶上吊着一排灯，放出黄色灯光。四周是一排排的木头架子，可能是用来摆放什么东西的，中间有一张大台子，台子上有一个被打碎了的玻璃棺材。

棺材里面是空的。

我和叶萧对视了一眼，他叹了一口气，然后又在整个房间里扫视了一圈，除了一排排木头架子和破碎的玻璃器皿之外什么也没发现。

皇后不在这里。

也许早就被转移了？也许1949年被他们带去了台湾？也许被那些无知的人们销毁了？我的心里除了深深的遗憾之外，又多了一分暗暗的庆幸，我真的对这个女人产生了恐惧。

"你看墙壁。"叶萧的手指向了墙壁。

在白色的墙壁上，我看到了一行行用油漆书写的歪歪扭扭的大字——"大海航行靠舵手，干革命靠毛泽东思想""毛主席万寿无疆，林×××永远健康""红卫兵万岁"。

这是什么？"文革"时才有的大字报语言怎么会出现在这里？我完全糊涂了。

"难以置信，唯一的解释是，'文革'时期肯定有人来过这里。"

叶萧说得对，没有别的可能，这些大字里有"林×××永远健康"，说明时间应该在1971年"九一三事件"以前。离开地下室以前，我又看了一眼那副破碎了的玻璃棺材，伸出手，摸了摸皇后躺过的地方，我的手指感到一股凉凉的触觉，这凉意瞬间直逼入我的心底。

回到地面，我们终于吸到了新鲜的空气。

我们又找到了那个负责人，询问"文革"时期这里的情况。

"那时候的情况，我们这里的人都不清楚啊，不如你们去找门房的老董，他是退休职工，已经在这里工作了四十多年了，'文革'时也在这里。"

门房里非常昏暗，一个六十多岁的老头坐在里面听着老式的无线电。

"老董师傅。"

"你们是谁？"老头以狐疑的目光看着我们。

"我是公安局的。"叶萧拿出了工作证，"老师傅，我们想问一问'文革'时期这里的情况。"

老头低下了头，没有回答，过了半晌，才从嘴里挤出几个字："过去的事情，还提它干吗？"

"的确是过去的事，但是，过去的事却关系到现在，人命关天。"叶萧一字一顿地说。

老头看着我们，终于说话了："那是'文化大革命'的第一年，到处都是红卫兵，由于我们这里是事业单位，有许多知识分子，于是，就有一批红卫兵占领了我们单位。天天开批斗会，闹革命，几乎所有的房间都被他们占据了，我们绝大部分职工都被赶了出来，只剩下我。这些孩子可厉害呢，他们说要在这里每一个房间里都写上毛主席语录永远纪念。他们也的确这样做了，就连男女厕所也没有放过，最后只剩下地下室他们没去过了。他们命令我开门，我找到钥匙，打开了地下室的大门，他们下去了，我等在外面。我在外面守了整整一天，都不见他们出来，我又不敢一个人下去，只能离开这里，出去避避风头。一个月以后，我才回来，这里已经一个人都不见了，我这才把地下室的门锁上。"

"老师傅，那你知道这些红卫兵是从哪个学校来的？"

"是附近的南湖中学。"

"老师傅，真谢谢你了。"我们离开了这里。

走出大门，我又回头望了一眼这栋建筑，眼前似乎都充满了这黑色的外墙。我问叶萧："你认为红卫兵和皇后的遗体有关吗？"

"我不知道，如果皇后的遗体早就被转移了，那么这些红卫兵什么都不会看到，和他们是毫无关系的，但是，如果皇后的遗体一直存放在地下室里，那么情况就非常复杂了。"

"但愿那老头没有记错。"我加快了脚步。

THE VIRUS
2月14日

在情人节如果能接到一个女孩的电话，而且她邀请你出去，更重要的是那女孩很漂亮，那么你一定是非常非常走运而且幸福的了。今天，我接到了 Rose 打给我的电话，她约我出去。

夜幕降临，弯弯的新月爬上了夜空，"月上柳梢头，人约黄昏后"，淮海路几乎每个男孩手里都捧着一束花。一个十三四岁的卖花姑娘从我身边经过，我看着她手里的一束玫瑰，送给 Rose 是最合适的了，但我犹豫了一会儿，终究还是没有买，因为我突然想到了黄韵，死去的人的影子往往比活着的人更纠缠。

陕西南路地铁站里的季风书店门口，一身白色衣服的 Rose 向我挥了挥手，两手空空的我有些尴尬，向她咧了咧嘴。我们走出了地铁站，向东走去。

"去哪儿？Rose。"我问她。

"随便走走吧，我喜欢随便走走。"她对我笑着说。

走了几步，我忽然想起了什么，我知道这话不应该今天说，但必须告诉她："莫医生出事了，你知道吗？"

"已经知道了。"

"哦，那你现在找到工作了吗？"

"我现在正在应聘一家网络公司计算机程序方面的工作，不知道他们要不要我。"

"那我祝你成功。"

"谢谢。"

在国泰电影院的门口，我又见到了那个卖花的小姑娘，Rose 从小姑娘的手里买了一束白玫瑰。我真后悔，前面为什么自己没有买，现在居然让 Rose 给自己买花了。

"我喜欢玫瑰。"Rose 把玫瑰放到了我手里。

我以为她只是让我帮她拿着的，她却说："送给你了。"

"给我吗？"

她眨了眨眼睛，对我笑了笑。

是暗示？

我又立刻否定了，男人总是自作多情的。一切幻想都是多余的，我暗暗地对自己说。我们旁边走过的全是成双成对卿卿我我的情侣，而我总是和她分开大约二十厘米的距离。以至于竟然有好几对情侣从我们当中穿过，于是 Rose 故意向我靠了靠。晚上风很大，她长长的发丝被风吹起，拂到了我的脸颊上，我又闻到了那股熟悉的香味。

我终于忍不住了，轻轻地问她："Rose，你用哪种牌子的香水？"

"香水？我不用香水的。"

"那——"

"你是说我身上的香味吗？我生下来就有这香味了，医生说我可能是得了什么遗传病。呵呵，得这样的病可真幸福啊。"

我不说话，心里充满了另一个人的影子，那个人不是 Rose，也不是黄韵，是多年以前的那个人。这味道一直纠缠着我，我低下了头。

"你怎么了？"她问我。

"我没事。"仙踪林到了，我走累了，于是和 Rose 走了进去，情侣很多很挤，我们好不容易才找到两个空位，坐在用绳子吊着的椅子上喝起了奶茶。

我盯着她看。

"怎么这样看着我？挺吓人的，呵呵。"她把脸凑近了我，"难道我的脸上长了青春痘？"

"不是不是。我只是在想一些事情。"

"想什么？告诉我。"

"最近发生的一些事。"

"发生了什么事？与我有关吗？"

"Rose，与你没有关系的，这些事情很糟糕，你最好不要知道。"我决心不让她卷进我的这些事，"我们还是说些别的吧。比如 —— 你的过去。"

"我很普通啊，就和这里所有的女孩们一样。"她看了看四周的人。

"那你的父母呢？不和你一起住吗？"

"他们都去世了。"她淡淡地说。

"对不起。"我又说错话了。

"没关系的，早一点逝去与晚一点其实没有什么分别，只要没有痛苦，二十年的生命与七十年的生命都是一样的。有的人活得很长很长，其实并没有什么值得庆幸的，因为他（她）的痛苦肯定也很长很长。如果一个婴儿，还来不及啼哭就夭折，也许对于婴儿自己来说，并不算一件坏事。呵呵，你也许不会理解的。"她喝了一口茶，摇动起了椅子，荡过来荡过去，就像是朝鲜人的秋千。

"Rose，说下去啊。"

"你真的想听啊，那么我告诉你我的感觉，人的生命不是用时间来衡量的，知道吗，二十岁死的人未必就比七十岁死的人短命，在某种意义上，生命是可以无限延伸的。比如，在我的心里，父母就永远活着，我一直能感觉到他们活着，他们在这个意义上还活着。但这只是非常小的一方面，更大的一方面是，脱离别人的感觉而独立地存在下去，因为时间这样东西在普通人眼里是一条直线，但从宇宙学的角度而言，时间是可以扭曲的，空间也是可以扭曲的，就像黑洞，不要以为黑洞是离我们非常遥远的东西，也许，黑洞就在我们的身边，也许在你眼里，我就是一个黑洞，呵呵，开玩笑的。"

我搔了搔头，说："听不懂，Rose，你不是学计算机的吗？怎么又搞起物理了？"

"这不是物理，是哲学。大学的时候，除了计算机专业，我还选修了许多哲学方面的课，对时间空间这些命题比较感兴趣。不说啦。"她又摇了起来。她的脸离我忽远忽近，一会儿清楚，一会儿模糊，我突然有些困了。于是把头伏在桌子上，看着窗外的夜景，外面还是有许多红男绿女在霓虹灯下穿梭，一看到他们，我不知怎么却更加疲倦。玻璃上反射着 Rose 的脸，她还在荡秋千似的摇着，就像一只大钟的钟摆。她摇摆的频率极为均匀，我的眼皮不由自主地跟着她动了起来——她靠近我，我的眼皮就睁开；她退后，我的眼皮就合上。于是，我的眼皮也像钟摆一样运行着，只有她的眼睛还在继续闪烁，渐渐地，我看到的只有她的眼睛。

我的意识渐渐淡去，就这样过了好久，我好像看见 Rose 伸出了手，她轻轻地问我："你生病了吗？"然后，她站起来扶起了我，我的双脚跟着她移动，她扶着我走出仙踪林，叫了一辆出租车，她问我："你家住在哪里？"

我好像回答了她，然后出租车把我带走，她也坐在我旁边。她的发丝拂着我的脸，我的眼角被她的发梢扎疼了，但我没有叫，我的眼睛麻木了，鼻子也麻木了，因为她身上的气味。出租车停下来了，她又把我扶下来，再把我扶上楼，我下意识地从口袋里摸出了钥匙，开了门。她把我扶进去，让我躺在床上，还给我盖上了被子，然后无声无息地离开了我。我的眼皮依然在一张一合，做着钟摆运动，在一明一暗里，她帮我带上了门，消失了。

我终于闭上了眼睛。

THE VIRUS
2月15日

　　当我早上醒来的时候，发觉自己穿着外衣躺在被子里，手里还攥着一束白色的玫瑰花，样子有些滑稽，我起来洗了一个澡，渐渐地清醒了过来。

　　家里没有花瓶，我只能把玫瑰花插在平时放牙刷的茶杯里，倒有了些后现代的味道。

　　我仔细地回忆着昨晚每一个细节，想着 Rose 的脸，还有她身上的那股气味，那股气味刺激了我的嗅觉器官，使我开始回忆起另一个女孩。

　　香香。

　　我叫她香香。

　　Rose 的脸，长得和她一模一样。

　　从我第一眼见到 Rose 起，就想起了香香，想起了她的脸、她的气味。

　　我叫她香香，因为她天生就有香味，从她的身体里散发出来的香味。

　　我能用鼻子在一万个人中分辨出香香来，我发誓。

　　但这再也不可能了，因为，香香已经死了。

她死的时候，只有十八岁。

我想她。

在那个炎热干燥的夏天，副热带高气压控制着我们的城市，连坐在家里都会出一身大汗。香香是我的同学，我们班级还有其他十几个人，除了林树以外，我们全都报名参加了一个三日游的野营，去了江苏的一个海边小镇，据说那里非常凉爽。

坐了五个小时的长途汽车和轮渡，我们到达了一片广阔无边的芦苇荡。那儿有大片的水塘和泥沼，长满了比人还高得多的青色芦苇，范围有上千亩大。一旦你躲在其中某个地方，密密麻麻的芦苇足够把你隐藏，谁都无法找到你。我们就在芦苇荡中间的一片干燥的空地上扎下了营，搭起了两个大帐篷，一个男生的，一个女生的。会游泳的人，就跳进清澈的水塘里游泳，像我这样不会游泳的人，就在水边钓鱼钓龙虾。其实那并非真正的龙虾，只是一种当地常见的甲壳动物。到了晚上，我们就把龙虾洗干净，用带来的锅烧了吃，那种味道远远胜过饭店里的海鲜。

第一天晚上，什么事都没发生。

第二天晚上，我在帐篷里翻来覆去睡不着觉，于是钻了出来。绿色的芦苇深处送出来绿色的风，这股风把我引到一片芦苇中，我索性脱了鞋子，光着脚走在泥泞里，穿过帷幔般的苇叶，苇尖扫过我的脸颊。我觉得自己好像隐身了一样被芦苇荡完全吞没了。我抬起头，看到的天空是在许多随风摇曳的芦苇尖丛中露出的一方小小的深蓝色，水晶般的深蓝，没有一点瑕疵，在这深蓝色的水晶中间是个圆圆的月亮。

我沿着芦苇丛中的一条小河继续走，拨开密密的苇秆，穿过一个极窄的小河汊，又转了好几个弯，到了一个被芦苇层层包围起来的更隐蔽的小池塘。我忽然听到了一种奇怪的水声，在月光下，我看到水里有一个人。

同时，我闻到了一股香味从水中散发出来。

我悄悄地观察着。那是一个女人，只露出头部和光亮的双肩，不知道她是游泳还是洗澡。我尽量克制自己急促的呼吸，隐藏在芦苇丛中。她舒展着四肢，长发披散在洁净的水中。过了许久，直到我腿都快站麻了，她才慢慢上岸。我先是看到她赤裸的背脊，两块小巧的肩胛骨支撑起一个奇妙的几何形状。然后，她的腰肢和大腿直至全部身体都像一只剥了壳的新鲜龙虾般一览无余地暴露在河岸上。她的体形犹如两个连接在一起的纺锤。沾满池水的皮肤被月光照着反射出一种金色的柔光。

我终于看清了她的脸。

——香香。

她虽然只有十八岁，但脸和身体看上去都像是二十出头的女子。

她穿上了衣服，把所有的诱惑都严严实实地包裹了起来。然后她轻轻地说了一句："出来吧。"

躲在芦苇丛中的我脸上像烧了起来一样，不知所措地磨蹭了一会儿才慢慢走出来。我不知道说什么好，心怦怦乱跳，我有些害怕，她也许会告发我，认为我有什么不良企图。

"对不起，我刚到这里，什么都没看见。"我辩解道，真是此地无银三百两。

"你看到了，你全都看到了！"香香靠近了我，我的鼻孔里充满了她的气味。

"我不是故意的。"我后退了一步。

"别害怕。"她突然笑了，笑声在夜空里荡漾着，撞到风中摇晃的芦苇上，我似乎能听到某种回音。

"香香，你真的不会告发我？"

"你想到哪里去了，你当然不是故意的。你不是那种人。"香香赤着脚坐在了一块干净的地上，对我说，"来，你也坐下吧。"

我犹豫了一会儿，还是坐在了她面前，却一言不发。

"你说话啊。"她催促着我。

"我——"我一向是拙于言辞的，坐在她面前，鼻子里全是她身上的香味，我差点成了木头人。

"是不是睡不着觉？"

我点了点头。

"我也是。"忽然她对我做了一个噤声的动作，"听——"

四周一片寂静，连风也停了。

"听什么？"我摇了摇头。

"嘘，又来了，听——"

"什么都没听到。"我的听力还可以的啊。

"嗯，现在没有了，那个人过去了。"

"哪个人？谁过去了？"

"你刚才真的没听见吗？是拖鞋的声音，快听——嗒——嗒——嗒，从泥地里走过的声音，我听得很清楚，这么清楚的声音你怎么没听到？"她睁大了眼睛问我，此刻从她嘴里说出来的话让我毛骨悚然。

这时候，风又起来了，芦苇摇晃，我站了起来，向四周张望了片刻。不可能的，不可能出现那种拖鞋的声音，一个人也没有啊。我想去芦苇的深处看看。

"别去。"香香叫住了我，"今天下午我听这里的人说，许多年前，这块池塘淹死过一个插队落户的女知青，他们说，从此每天晚上这里的水边都会有拖鞋的声音响起，因为那个女知青是穿着拖鞋淹死的。"

"可我怎么没听到。"但我的心却开始越跳越快。

"本地人说，一般人是听不到的，而如果有人听到，那么这个人很快就会死的。"她幽幽地说。

"别信那些鬼话。"

"呵呵，我才不会信呢，我是骗你的，不过我真的听到了那种拖鞋的声音。"

"我们回去吧。"我真的有些怕了。

我们绕过那条小河，拨开芦苇向我们的帐篷走去，突然她停了下来，抬起头看着深蓝色的天空。

"又怎么了？"我问她。

"真美啊。"她还是看着夜空。

"什么真美？"

"流星。我刚才看到了一颗流星，从我的头顶飞过去。"她无限向往地说。

"你运气真好。"我看着天空，心里觉得很遗憾。

回到了营地，我们钻进了各自的帐篷。

那晚，我梦见了一个穿着拖鞋、梳着两根小辫子的女知青。

第二天早上起来，我一钻出帐篷就看到了香香，她向我笑了笑，我也向她笑了笑。

后来，我们分开自由活动，许多人去了海边，我也去了，回来以后，我们发觉香香不见了，她好像没有去海边。我们到处找她，始终没有找到，一直到了晚上，大家都非常着急，有的人急得哭了，我们向当地人借了煤油灯和手电继续寻找。我突然想起了一个地方，于是带着大家去了昨天晚上香香游泳的那个小池塘。我们来到芦苇深处的水边，用手电照亮了水面，在微暗的光线里，我见到水面上漂浮着什么东西。我有种不祥的预感，冲到了水边，闻到了一股香味。

漂浮在水面上的是香香。

几个会游泳的男生跳下了池塘把香香捞上了岸。

香香死了。

她平静地躺在岸上，闭着双眼，似乎睡着了，而昨天晚上，她还在这里对我说她听到的声音。我想起了她的那些话，眼泪扑簌扑簌地落在了地上。香香被抬走以后，我一个人留在了这里，这里的夜晚静悄悄的，我却一点都不害怕了，我非常渴望能够听到那拖鞋的声音，但是，我什么都没听到。

香香的验尸报告说她是溺水身亡的。可香香的水性是我们这些人里最好的，没有人能够理解这个死因。根据规定，香香的遗体必须在当地火化，我们都参加了她的追悼会，在追悼会上，我走过她的玻璃棺材，看着静静地躺在里面的她的脸，我似乎还能闻到那股香味。

香香，香香，香香……

我想她。

我最大的心愿，就是时光倒流，让她再活过来。

我知道这不可能。

每年的清明和冬至，我都会到她的墓前送上一束鲜花。

现在，她的脸又清晰了起来，还有，她的气味，重新使我的鼻子获得了满足。

因为 Rose。

THE VIRUS
2月16日

　　南湖中学位于一大群老房子的中心，从空中俯瞰就像是一片低矮的灌木中间被某种动物破坏掉了一块，那空白的一块就是操场。

　　我和叶萧走进这栋50年代建造的苏联式教学大楼，跟随着这里的校长，穿过空旷高大的走廊，来到了档案室。1966年的档案很齐全，但是对我们来说没有任何用。

　　老校长喋喋不休地说："红卫兵之类的内容是不会进入档案和学籍卡的。那一年有几百个学生加入了红卫兵，他们分成了几十批去各个单位'闹革命'，要想查出哪些人去了南湖路125号简直是大海捞针。"

　　"那这里还有什么人熟悉当时的情况？"

　　"这个嘛，过去那些老教师都退休了，现在一时也找不到。恐怕有点难度。"

　　负责档案室的中年女人突然插了一句话："校长，教历史的于老师不是我们学校六六届的毕业生吗？"

　　"哦，对，我带你们去找他。"

校长带着我们走出档案室，在一间办公室里，校长对着一个正埋头看书的中年男子说："老于，你不是我们学校六六届的毕业生嘛，市公安局的同志想调查一下1966年我们学校红卫兵的一些情况。"

于老师抬起了头，神色突然变得紧张起来，他看了看我们，然后表情又平和了下来，淡淡地说："校长，三十多年前的事，我都记不清了。"

校长对我们摇了摇头，轻轻地说："你们别介意，他就是这样的一个人，性格内向，不太喜欢和别人说话。"

叶萧向我点了点头示意，然后说："于老师，能不能耽误你一点时间，我们到外面去谈谈？"

"我正在备课呢。"他有些不耐烦。

"对不起，我正在办案。"叶萧直视着他的眼睛。

他们对视了一会儿，最后，于老师的目光避开了："好的，我们出去谈吧。"接着他又对校长说："校长，你回去忙吧，我会配合的。"

穿过阴暗的走廊，我们来到了操场边上，阳光懒洋洋地照着我的脸，一群上体育课的学生正在自由活动。叶萧抢先开口了："于老师，1966年你是红卫兵吗？"

"是，但这重要吗？当时几乎每个学生都是。"

"对不起，你也许误解我们了，我们只是来调查一些事的。你知道南湖路125号这个地方吗？"

"黑房子？"他突然轻声地，几乎是自言自语地冒出来一句。

"什么是黑房子？"我问他。

他不回答，长长地叹出了一口气，然后看了看四周，把我们带到操场最安静的角落，那里种着几棵大水杉，还有一些无花果树，地上长满了野草。树荫下，阳光像星点一样洒在我们的额头上，他缓缓地说："因为那里是一栋黑色的楼房，十分特别，我小时候就住在那附近，所以我们那时候都把那地方叫作黑房子。"

"我们就是为了这栋房子而来的，于老师，我想你一定知道些什么，把你知道的全告诉我们，要全部。"叶萧说。

"1966年的秋天，我是这所学校毕业班的学生，我们绝大部分同学都成了红卫兵，批斗老师，搞大字报大辩论，但是许多人感到在学校里闹还不过瘾，于是有一群红卫兵去了黑房子。而我，也是其中的一员。"他突然停顿住了，在我们目光的催促下，才重新说起来，"你们年轻人不会理解当时的情况的，每个人都像疯了一样，尤其是十六七岁的学生。有许多事，需要时间才能让我们明白。我们去黑房子，因为那里是一个有许多知识分子的事业单位，据说是什么走资派的大本营。我们进去把里面的工作人员都给赶了出来，没人敢反抗，我们在所有的房间里都写上了大字报。最后，只剩下地下室。我们命令看门的打开地下室，然后我们下去了。那个地下室非常深，我们走台阶走了很久，回想起来挺吓人的，但是少年人有着强烈的好奇心，红卫兵又号称天不怕地不怕，终于，我们壮着胆子到了地下室里。我们发现了一个玻璃棺材，在玻璃棺材里，躺着一个赤身裸体的女人。"

我倒吸了一口冷气，果然，1945年以后，皇后的遗体留在了地下室里。我再看了看于老师的脸，他的双眉紧锁在了一起，低下了头。

"继续说吧。"

"当时我们非常惊讶，一方面因为我们还小，不懂女人，一下子看到一个如此美丽的女人一丝不挂地躺在玻璃棺材里，与其说是害怕，不如说是惊喜。是的，她太美了，我一生都没有见过那么漂亮的女人，大约二十岁出头的样子吧，浑身雪白，闭着眼睛，安详地睡着。一开始我们还真的以为她是在睡觉，不禁有些害羞，想躲出去。后来有人说，一个女人脱光了衣服睡在这里肯定是个女流氓，要对她实施无产阶级专政。

于是，我们打开了玻璃棺材，叫她起来，但是她却没有任何反应，我们中的一个人大着胆子碰了碰她，却发觉她的身上是冷的，再摸了摸脉搏，才知道原来她已经死了。我们一下子变得害怕起来，开始猜测她会不会是被人谋杀的，但实在想不出什么结果，我们不敢把这件事说出去，因为我们看见了裸体的女人，也许会被别人认为我们也是流氓。我们只能例行公事一般在墙上刷上了大字报的标语，然后离开了地下室。"

"就这么简单？"我怀疑他还隐藏了些什么。

"不，当时我们白天在黑房子里闹所谓的革命，晚上还照样回家睡觉，毕竟我们还是孩子。进入地下室以后的第二天早上，我们像往常一样在黑房子门口集合，但是发觉少了一个人，叫刘卫忠，于是我们到他家去找他。到了他家里才知道，他前一天晚上喝了一瓶老鼠药自杀身亡了。而前一天只有他摸过地下室里的女人。不知为什么，我突然感到非常害怕，赶紧离开他们跑回家里，再也不敢去黑房子了。那天我在家里窝了一整天，提心吊胆的。到了晚上十点多，我已经睡下了，突然张红军到我家里来了，他也是红卫兵，前一天也和我们一块去过地下室。他说他很害怕，晚上做噩梦睡不着觉，所以来找我。他告诉我一件事：前一天晚上，他和刘卫忠两个人偷偷去过黑房子，他们发觉看门的人已经逃走了，大门开着，于是他们进去下到了地下室里。张红军说，他去地下室只是想摸摸那个女人，因为刘卫忠说那种感觉很舒服，他是在刘卫忠的鼓动下才去的，他说在地下室里，他们摸了那个女人的身体。"

"只是摸吗？"叶萧突然打断了他的话。

"我知道你想到了什么，现在的年轻人就喜欢胡思乱想。那时候的我们很单纯，摸一摸女人就已经被认为是大逆不道了。"

"对不起，请继续说。"

"那晚张红军说，他没想到刘卫忠会自杀，一点预兆都没有。我问他这件事情还告诉过谁，他起初不肯说，后来才告诉我，下午的时候，他已经把这件事说给那些去过地下室的红卫兵听了。那时候的人们都睡得很早，后来实在太晚了，张红军被我父亲赶走了。第二天，我还是没有去黑房子，因为我对那里产生了深深的恐惧。我去了学校，清晨的校园里没有一个人，我在操场里转了转想呼吸新鲜空气。但是，却在操场上发现了张红军，对，就在这里，就是现在我们站着的地方。他就躺在我们脚下的这块地方，口吐白沫，手里拿着一瓶农药。"于老师痛苦地低下头，看着这片杂草丛生的地面，"当时的验尸报告说他是在那天凌晨三点钟左右喝农药自杀的。也许我永远都无法理解他和刘卫忠自杀的原因。"

我的脚下忽然生起一股寒意，急忙后退了几步，真没想到，1966年，我鞋子底下的这块地方居然死过人。

"那么其他人呢？"叶萧继续问。

"以后他们的事我就不知道了，张红军死了以后，我再也没有参加红卫兵的任何活动，不久以后，我就离开了上海，去云南上山下乡。后来粉碎'四人帮'，恢复高考以后，我考上了大学，毕业后成为一名教师，被分配到了我的母校教书，一直到现在。"

"就这些吗？"

"我知道的就是这些，这么多年来，我每次要路过黑房子的时候，总是绕道而行，尽量不看到它，那是一场噩梦，我一直生活在这阴影中。"从他痛苦的脸部表情，我可以看出他的确没说谎。

"谢谢。能不能告诉我当时去过地下室的其他人的名字。"

"还好我一直记得他们。"他拿出纸和笔，写下了十几个名字，然后把纸交给了叶萧。

"非常好，谢谢你的配合，再见。"

我们刚要走，于老师突然叫住了我们："对不起，我想知道，你们去过那个地下室吗？"

　　"去过。"

　　"那个女人还在吗？应该已经成为一堆枯骨了吧。"于老师说。

　　"不，她已经不在了，但是，她不会变成枯骨，她永远是她。"我回答了一句。

　　我看到了他惊恐的眼神。

THE VIRUS
2月17日

我又梦见了香香。

天色已晚，我实在在家里待不住，出门在上海的街头游荡着。不知逛了多远，我突然看到眼前矗立着那尊有名的普希金雕像。看到沉思的诗人，我知道我该去哪儿了，又穿过两条马路，我拐进那条小巷，走进小楼，在三楼的一扇门前停了下来。

但愿 Rose 在家。

天哪，黄韵的脸又浮现了，我承认我是个容易遗忘过去的、和所有男子一样喜新厌旧的人。但是，我永远无法遗忘香香。

我敲了敲门。门开了，是 Rose。她很吃惊，然后对我笑了起来。她的房间还是我上次见到的样子。只是电脑开着，显示着一个系统软件的界面。

"请坐啊，你怎么会来？"她坐在一张摇椅上。

"顺便路过而已。"我也不知道这算不算路过。

"你撒谎。呵呵，你一撒谎就会脸红。"她轻轻的笑声塞满了我的耳朵，那股熟悉的香味则充斥着我的鼻腔。

我摸摸自己的脸，挺热的，的确是红了，我想转移话题，目光盯着电脑问："你在玩什么呢？"

"我在编一个程序，我被那家网络公司录取了。"

"恭喜你了。"

"没什么啦，就是编辑一些防范黑客和病毒的软件而已。"

我又没话了，好不容易才想出一句："谢谢你上次送我回家。"

"我可不想让你在仙踪林茶坊里过夜。那天你到底睡着了没有？"

"没有，回到家以后才睡着的。"

"哦，你没睡着啊，别看你人瘦，扶着你还挺吃力的。"

"真不好意思，我怎么会那么狼狈呢。你可别以为我有什么病啊，我挺健康的，过去从来没发生过这种事，真搞不懂。Rose，为什么我看你摇来摇去，就有一种摆钟摇晃、时间停顿的感觉，然后我的眼皮就跟着你动了起来。"

Rose 把双手向我一摊："我可不知道。"

"你能不能再试试？"

"随便你。"她坐在摇椅上晃了起来，就和上次在仙踪林里一样。一前一后，她的脸离我一近一远，从清晰到模糊，再从模糊到清晰，甚至连她那股天生的香味，也随着她的摇动而一浓一淡。我的眼皮再次被她控制，眼前从明亮到昏暗，再从昏暗到明亮，在明亮和昏暗的中间，是她的眼睛。

但我的意志是清晰的。

是时候了，我必须要说出口，这两个字在我心里酝酿了许久，终于，两眼无神的我对 Rose 轻轻地说："香香，香香，香香。"

Rose 的眼睛明亮了些，我能从她的眼睛里看到一些别的东西，她沉默了一会儿，然后我听到了她的回答："听——"

我半梦半醒地回答："听什么？"

"嘘，又来了，听——"

"我只听到你的声音。"房间里没有任何其他的声音，我的视线有些模糊，但我的听力还完全正常。

"嗯，现在没有了，那个人过去了。"

"哪个人？谁过去了？"

"你刚才真的没听见吗？是拖鞋的声音，快听——嗒——嗒——嗒，从泥地里走过的声音，我听得很清楚的，这么清楚的声音你怎么没听到？"

天哪！这几句话怎么这么熟悉，那些痛苦的回忆在我的记忆深处锁了许多年了。没错，那是香香说过的话，那天晚上，在池塘边上，芦苇荡里，在她死的前一夜。

怎么从 Rose 的嘴里说出来了？

她继续说："今天下午我听这里的人说，许多年前，这块池塘淹死过一个插队落户的女知青，他们说，从此每天晚上这里的水边都会有拖鞋的声音响起，因为那个女知青是穿着拖鞋淹死的。"

怎么回事，难道时光真的倒流了？难道这里不是 Rose 的家，而是十八岁时的苏北芦苇荡？

她还在继续，声音越来越低缓："本地人说，一般人是听不到的，而如果有人听到，那么这个人很快就会死的。"

我静静地听着，眼皮一张一合，但耳朵听得清清楚楚，绝不会听错。我快疯了。我知道，还有一句话——

"呵呵，我才不会信呢，我是骗你的，不过我真的听到了那种拖鞋的声音。"Rose 把这最后一句话说了出来。

然后，她停止了摇晃。

我的眼皮恢复了正常，我睁大眼睛看着她，没错，她是香香。她就是香香。她的眼睛，她的脸，她的香味，她说的话，每一样，都告诉我她是香香。

"Rose，你到底叫什么名字？"我靠近了她，双眼直视着她。

她抿了抿嘴唇，幽幽地说："我叫香香。"

"请再说一遍。"我有些痛苦。

"香香，我叫香香。"

我在发抖，不知道应该高兴还是害怕，我只知道，香香已经死了，我亲眼看到过她的遗体，她确确实实已经死了，已经在那个苏北小镇火化了，我理解不了，于是痛苦地说："这不可能。"

"世界上没有不可能的事。"她靠近了我，她的香味刺激着我，"我回来了，从那个池塘里游了出来，我上了岸，自己回了家，考上了大学，大学又毕了业，我工作了，又遇见了你 —— 我所爱的人。"

听到了她的最后一句话，我所有的防线都崩溃了，内心彻底决堤，是的，我承认，她是香香，她绝对是香香，没人能冒充的了。我的香香，我的香香又活了过来，我的香香没有死，她没有死。香香就是 Rose，Rose 就是香香。

我开始相信了她的话，生命是可以永存的。

我相信了复活。

我相信了时间的黑洞。

现在，我的香香就在我的面前，她靠近了我，她和我在一起，没有别人。我忍耐了那么久，因为我有一个强烈的冲动，我要得到她。过去我以为我永远都得不到她了，现在我知道我错了，我还可以得到她，拥有她，就是现在。

让这个世界崩溃吧，只有我，和她。

香香，我来了。

这一晚，我和她，完成了我们应该完成的一切。

她很快乐。

一切结束以后，在幽暗柔和的灯光下，我看着她，她也看着我，当我的目光触及她光滑的腹部时，我看到了一道淡淡的伤痕，淡红色的，像是一条直线画在白色的皮肤上。

我把头垫在她柔软的腹部，闻着那股香味，像个刚出生的孩子一样睡着了。

我睡得很熟，很熟。

THE VIRUS

2月18日

　　我的耳朵听到了鸟叫，各种各样的鸟，我醒了，我知道清晨到了。睁开眼睛，我看到了蓝蓝的天空。

　　多美的天空啊。

　　我感到有点不对劲，怎么早晨睁开眼睛，看到的不是天花板而是天空？我支起了上半身，看到自己正躺在一张绿色的长椅上，我的四周是树林，眼前是一条林间小径。我穿着衣服，还盖着一条毛毯，身上有些湿，我用手一摸，全是清晨的露水。

　　"香香。"我喊了一声。没人回答，只有鸟儿在叫。

　　怎么回事？我站起来，看着周围的一切，一个人影都没有，我再看了看表，才早上六点半。

　　我想起了昨晚发生的事，我去了 Rose 的家里，她承认她就是我的香香，我得到了她。然后，我头枕着香香的身体睡着了。

　　这一切是真实的，不是我的幻想，而是确确实实发生过的事，就在昨晚。

可是，现在又是怎么回事，我应该躺在香香的床上，看着她，看着她家的天花板和窗户。而此刻，当我醒来，却发现自己独自一人盖着条毛毯躺在小树林里的长椅上，像个流浪汉。

我要去找香香！

我抓起毛毯，离开这片树林，穿过林间小径，惊起了几只飞鸟，它们扑扇着翅膀飞向天空，羽毛发出声响。清晨的林间笼罩着一层薄雾，我踏着露水走上了一条更宽阔些的石子路。这里还有一个池塘，有些红色的鱼正在水里游着，我通过一座跨越池塘的木桥，看到了一堵围墙。透过围墙，我能看到墙外面的几栋高层建筑。还好，我现在至少可以确定自己不是在荒郊野外了。

沿着围墙，我见到了一扇门，门关着，我打不开，我明白，这里应该是一个市区的小公园。我在一片树丛里等了一个多小时，公园终于开门了，我从大门里走了出去，公园卖票的人显然大吃一惊，他来不及叫我停下来，我已经走到马路上了。

我看了看路牌，这里应该是徐汇区，离香香的家不远。

我来到了昨晚我来过的地方，宽阔的巷子，一栋小楼的三层，我敲了门。

没人开门。

再敲，我敲了很久，整栋小楼都可以听到我急促有力的敲门声。也许她出去了？

忽然隔壁的一扇门打开了，一个六十多岁的老太婆走了出来。

"别敲了，你是来租房子的吧？"老太婆说。

"不是，我是来找人的。"

"你是说那个小姑娘啊，她今天早上已经搬走了。"

"这怎么可能，昨天晚上……"后面那句"我还在这里过夜"的话我没敢说出来。

"搬走了就是搬走了，今天早上八点，搬家公司来搬走的，她还给我结清了房租。你不信我开门给你看看。"说着，老太婆掏出了一串钥匙打开了门。

我冲了进去，房间里空空荡荡的，什么都没留下，只剩下一股淡淡的香味。没错，我不会记错的，我还记得这里的墙壁和天花板，就是这里。

她为什么搬走呢？

"阿婆，请问你知不知道她搬到哪里去了。"

"我哪里知道。"老太婆不耐烦地回答。

"那么她是什么时候租这房子的？"

"去年九月吧。"

"那她在这里租房子是不是该到派出所去登记的？"我知道这个可能性不大，尽管的确有这样的规定。

"喂，你什么意思啊，你是来查户口的啊，去去去！"老太婆把我向外推了一把，接着嘴里嘟嘟囔囔的，"小赤佬，不正经。"

我知道在这里是问不出什么了，于是走出了这栋小楼，再回头望望那个小阳台，突然感到很无助。

香香，你在哪里？

THE VIRUS

2 月 19 日

今天我的脑子里全是香香。

我坐卧不安，细细思量着前天晚上和昨天早上发生的一切，却丝毫无法理解香香为什么要这么做。她就像一个谜，突然地解开谜底，又突然地变成另一个谜。

我打开了电脑，上网。先去了我常去的一家国内的大型综合网站，没有什么特别的新闻，无非是些东剪西贴来的东西。当要从首页退出时，我忽然发现左下角的友情链接里有四个楷体字：古墓幽魂。

不会搞错吧，怎么这里会有"古墓幽魂"的链接，要知道这家大型网站每天的浏览量有几百万，它的链接通常都是同样重要的著名网站，而"古墓幽魂"最多只能算是个人主页。会不会是其他同名的网站？我点了点链接地址，没错，的确是我去过的那个"古墓幽魂"。

不行，"古墓幽魂"放在著名网站的首页链接里，肯定会引来许多网友去登录，也许会有更多的人遭遇不测。我必须阻止他们。我立刻给该网站发了封 E-mail，希望他们立刻停止链接"古墓幽魂"。

接着，我上了另一家国内的著名网站，令我吃惊的是，这家著名网站的首页也有"古墓幽魂"的链接。接着我又换了一家国内大型网站，居然还是一样。

　　忽然，我在这家网站的新闻里看到了一则报道——"神秘病毒袭击各大网站，首页链接遭到篡改"，我打开这则新闻读了读内容——"据国内各大网站的消息：日前，国内各大综合性门户网站均遭到神秘病毒的攻击，所有被攻击的网站的首页链接内容均被篡改，出现了一个叫'古墓幽魂'的链接站点。据专业人士称，该网站系本市一个个人主页，主题为中国古墓，目前公安机关已经介入此事，具体详情不明，但至少可以确知的是，该病毒系通过黑客入侵者的方式传播，虽然被入侵的网站有严密的防范系统，但是，入侵者具有更为高超的技术手段，轻而易举地修改了各网站的内部系统。各大网站的技术人员正在加紧努力修复被篡改的首页，但是目前为止，尚未成功。但请网友不必担心，被篡改的仅为首页链接，不会影响到其他内容，网友的个人资料也未被黑客盗取。

　　糟了！我早就料到"古墓幽魂"有某种极为高超的技术手段，但没想到它开始用病毒攻击各大网站了，通过这种方式，它可以使自己的浏览量大幅度上升，简直到了无孔不入的地步。

　　当我胡思乱想的时候，门铃响了。

　　是叶萧。

　　第一眼就可以看出，今天他的情绪特别糟糕。他一进来，我就把网上发生病毒的事件告诉了他。他平静地点了点头说："我已经知道了，前几天就发生了，我们动用了一切先进的技术手段，却始终没能查出谁是'古墓幽魂'的策划者。我还尝试过删除其内容，也失败了，虽然地址应该就在本市，但是我们根本无法靠近它，怎么也找不到，就像是一个幻影。"

"的确像幻影，你曾经说过，那些不明不白的自杀者就像中了某种会传染的病毒。现在看来真的是病毒。"我担忧地说。

"是的，现在情况已经非常严重了。似乎这些日子来，'古墓幽魂'的技术水平在不断提高，现在'古墓幽魂'可以通过病毒来篡改首页链接，将来就可以直接篡改各大网站的网页内容，到那时候就会非常可怕了。"

我的脑子里瞬间浮现出一幅图像，一家国内著名网站的网页，突然变成了黑色的背景，出现了一个骷髅、一个墓碑，还有清朝皇帝的画像，然后冒出一行字——她在地宫里。所有的网民都像那些自杀者一样沉迷于其中，最后全都——我想象不下去了。

真的是道高一尺，魔高一丈。想些别的吧，我问叶萧："你来就是为了告诉我这些？"

"当然不是，上次我们在南湖中学，那个于老师给了我们一个1966年去过地下室的红卫兵的名单。我今天去户政档案部门查过这些名单上的人了。我复印了一份资料给你看看。"说着，他从公文包里拿出了一张纸递给了我。

刘卫忠，男，生于 1950 年 3 月 17 日，1966 年 10 月 15 日晚在家中服鼠药自杀身亡。

张红军，男，生于 1950 年 1 月 26 日，1966 年 10 月 17 日凌晨在南湖中学操场服农药自杀身亡。

穆建国，男，生于 1949 年 11 月 6 日，1966 年 10 月 18 日晚在南湖路故意冲向疾驶的卡车身亡。

吴英雄，男，生于 1950 年 5 月 15 日，1966 年 10 月 19 日凌晨

在家中上吊自杀身亡。

张南举，男，生于 1949 年 9 月 27 日，1966 年 10 月 19 日凌晨跳入苏州河自杀溺水身亡。

辛雄，男，生于 1950 年 2 月 10 日，1966 年 10 月 19 日晚在家中服毒自杀身亡。

冯抗美，男，生于 1950 年 6 月 18 日，1966 年 10 月 20 日凌晨在其父单位内割腕自杀身亡。

樊德，男，生于 1949 年 12 月 2 日，1966 年 10 月 23 日晚在家中上吊自杀身亡。

成叙安，男，生于 1950 年 4 月 18 日，1966 年 10 月 23 日晚在南湖路割腕自杀身亡。

罗康明，男，生于 1949 年 11 月 27 日，1966 年 10 月 24 日凌晨在南湖路 125 号跳楼自杀身亡。

陈溪龙，男，生于 1949 年 10 月 12 日，1966 年 10 月 24 日凌晨在家中上吊自杀身亡。

李红旗，男，生于 1950 年 1 月 15 日，1966 年 10 月下旬失踪。

黄东海，男，生于 1950 年 3 月 21 日，1966 年 10 月下旬失踪。

看完之后，我感到毛骨悚然，从 1966 年 10 月 15 日到 10 月 24 日，短短的九天时间内，包括于老师说过的两个人在内，总共有十一个人自杀身亡，另有两个人失踪，他们都去过地下室见过皇后，除了没有继续去过那里的于老师以外，其他人都遭遇了不测。

叶萧缓缓地说："你仔细地看，其中有两个死亡高峰，即从 10 月 18 日晚到 10 月 20 日凌晨，共死了五个人，10 月 21 日和 10 月 22 日都没有死人，但是从 10 月 23 日晚上到 10 月 24 日凌晨，只有一晚的时间，就又死了四个人。至于那失踪的两个人，我估计恐怕是死了以后没有找到尸体才被定性为失踪的。"

"这样说，所有的线索都断了？"

"差不多吧。"叶萧苦笑着说，"我决定放弃了。"

"你说什么？"

"放弃，我厌倦了，我厌倦了这一切，不想再继续了。"他低下了头。

"我们努力了那么多，从'古墓幽魂'到东陵，到发现皇后的事情，再到现在，难道我们的努力都白费了？"

他不回答，沉默了许久，我也不说话，房间里死一般寂静。忽然他说话了，声音非常轻，低沉地吐出几个字："我很害怕。"

"公安局的也会害怕？"我很奇怪。

"够了，我也是人，我真的很害怕，从一开始知道这案子，看到那些死者的资料，进入'古墓幽魂'的网站，去东陵，调查那些档案和资料，做这些事情的每一分钟，我都是在极度恐惧中度过的。你不会理解的，我总是在表面上装出一副胸有成竹的样子，其实，我的心理比你还脆弱。"

"我要依靠你。"

"听着，每个人都有权力害怕。"他抬起头看着我，一字一顿地说着。他大睁着眼睛，额头冒出汗，那一副表情我从来没见过，我心中突然有些隐隐的恐惧，他会不会也——

叶萧继续说："现在，我最后的心理防线终于崩溃了，我已经失去了任何希望，我想活下去，活下去，从一开始，我所谓的调查就是自作主张，现在是时候退出了。"

"你真的变了很多，我记得我们小的时候，你从来都不知道什么叫害怕。"

"是的，我变了许多。你一定要知道原因吗？"

"如果你愿意告诉我的话。"

"那是噩梦，我不敢回忆的噩梦。在北京读公安大学的时候，我谈过一个女朋友，是我的大学同学。我们谈得很好，在一起很开心。

"毕业以前，我们去云南实习，跟着云南的一个缉毒队。在一次缉毒行动中，不幸出现了意外，贩毒分子的力量要远远超过我们的想象，我的女朋友被他们扣留了。几天以后，我发现了我女朋友的尸首。简直惨不忍睹，她被他们轮奸了，浑身上下到处都是针孔，他们给她注射了大量的海洛因，她是在极度的痛苦中死去的。

"当时在现场，我逮捕了其中的一个毒贩，把他铐了起来，用枪指着他的脑袋，我女朋友的尸首就躺在我身边。我恨那些家伙，恨到了极点，当时我只有一个念头：报仇，为她报仇！

"我差点就扣动了扳机，子弹将从枪口射出，把那个混蛋的脑浆给打出来，但是，在扣动扳机前的一瞬，我想到了——如果我开枪，那就违反了纪律，甚至违反了法律，因为他已经被抓住了，没有反抗，我不能打死他。那个瞬间，我更加痛苦，我在报仇与执行公务间艰难地抉择着，我真的非常想看到那家伙脑浆迸散的样子，因为我的女朋友，我所深深爱着的人死得太惨了。

"最后，我放下了枪，把他押回了警局。后来，我总是给自己找许多理由，总是自我安慰说自己遵纪守法，其实我知道这些全是假的，我是因为害怕。我害怕，害怕杀人，害怕被开除出公安，尽管我有报仇的冲动，但这种强烈的冲动在我的害怕面前居然一点作用都没有了。我害怕，真的害怕，也许在骨子里，我真的是一个胆小鬼。

"所以，后来我没有当刑警，而是在信息中心搞电脑，我再也没有碰过枪。就是这样，我变了，我发现了我心底深埋着的那种东西，那是害怕，是恐惧，天生的恐惧。而自从发生最近的这些怪事以来，我的恐惧就与日俱增了，我觉得那种害怕每夜都纠缠着我，我现在几乎每晚都要梦见我女朋友死时的景象，我受不了。就这么简单。"

他哭了。从小到大，这是我第一次见到他的眼泪。

"叶萧，对不起，我不该让你再想起这些痛苦的事情。"我想安慰他。

"好了，说出来就没事了。"他意识到了自己的失态，擦了擦眼泪，然后摇了摇头，站了起来，"我走了，我要回去早点睡觉，记住，别再管这件事了，我不想失去你，兄弟。"他抱住了我的肩膀，我们就像亲兄弟一样，我觉得我重新找回了小时候的那种感觉。

我送他出门，嘱咐他路上当心，然后回到了房间里。

害怕。

什么是害怕，是恐惧吗？

我看了看那天 Rose（香香）送给我的白玫瑰。

玫瑰已经枯萎了。

THE VIRUS
2月20日

　　我又上网了，几乎每个我上过的综合网站的首页里都能看到"古墓幽魂"的链接，一看到这四个字我就一点兴趣都没有了。于是，我一头钻进了一个我喜欢的论坛。

　　今天几乎每一个帖子都只有五个字——她在地宫里。发帖人叫"古墓幽魂"。"古墓幽魂"在灌水，还是有人在恶作剧？我立刻发了一个帖子：请版主删除所有的灌水帖子。发完以后，不可思议的是，我的新帖子居然变成了"她在地宫里"，我的 ID 也变成了"古墓幽魂"。一定是服务器有问题，遭受病毒攻击了。

　　我该怎么办？

　　我关了电脑，静静地想了一个多小时，我想到了许多，想到了这两个月来发生的这些匪夷所思的事情，还有那些死去的人。我看了看窗外，黑沉沉的夜色，就像冬至前夜那晚，所有噩梦的开始。

　　也许还会有更多的人死去。

　　必须要阻止它。

我终于登上了"古墓幽魂"。

首页还是老样子，不同的是浏览量发生了巨大变化——"您是第1072982名访问者""在线人数3197人"。我吓了一大跳，访问量居然超过百万人次了，而上一次还是几万，看来"古墓幽魂"对各大网站的病毒攻击获得了显著的效果。

接着，我进入留言板，铺天盖地的帖子，我看了一会儿，全是些新来的人发的帖子，他们似乎都很兴奋，非常喜欢这里，许多人讨论如何玩最后那个迷宫游戏。然后我刷新了一下，又多出了十几条帖子，我再看了看点击数，一个一小时前的帖子，点击数已经超过了一百。真难以置信。

我再进入聊天室，还是一样，密密麻麻的名字，至少有一百多个，拉得我手都酸了。我不敢和他们对话，离开这里，进入了"明清古墓"中的"清东陵"。再进入"惠陵"，还是那五个字——她在地宫里。

进入迷宫。

系统还保留着我上次到达的地方，我继续前进。还是黑色的地道，前面有一束微光，上下左右全是黑色石头砌成的。还有自己的脚步声。一个又一个分岔路口，我几次迎头"撞"上黑色的墙壁，音箱里传来非常逼真的"砰"的一声。我几乎能感觉到自己的额头一阵剧痛。我想到了这些天来我所看的那些资料，还有南湖路黑房子里那个地下室，脑子里全是"地宫"这两个字。没错，现在电脑屏幕里的场景就是地宫，那天我下到地下室里时产生的恐惧与我现在的感觉是相同的。也许我真的离她越来越近了，我加快了速度，感觉已经越来越熟练，我能非常有预见性地避开那些死胡同，如果选择错了岔路，我就会七拐八弯地进入一个没有出路的地道，然后要再费很大的力气退回来。左面笼罩在地形图上的黑雾正在一点一点退去，一个小时以后，几乎已退去了一半。

忽然，在我的"面前"出现了一个人影，那个人影越来越近，直到来到我面前，拦住了我的去路。难道又是叶萧？

我在下面的对话框里面打了几个字：你是叶萧吗？

对话框里的回答让我吃惊不已——

香香：我是香香。

我：香香，怎么是你？你怎么在这里？快离开，马上就离开。

香香：不，该离开的是你。

我：我不会走的，香香，你为什么离开我？

香香：对不起，我有我自己的原因。

我：告诉我什么原因。

香香：你不能知道。

我：我想见你。

香香：现在见吧。

电脑屏幕里我面前的那个人逐渐地清晰了起来，黑色的雾气消失了，我看到了那个人的脸——香香。

音箱忽然响了，传出了香香的声音："离开我，永远离开我。"

我继续在对话框里打字：不，我一定要找到你，无论你在天涯海角。

音箱沉默了片刻，接着又响了："你不后悔？"

我：绝不后悔。

接着，电脑屏幕里香香的脸靠近了我，越来越近，直到整个屏幕都是她的脸，屏幕的中心是她红色的嘴唇，看起来有些变形了，就像是她把嘴唇贴在了摄像机镜头上。我明白了，她在吻我，我能感觉到她嘴唇的温度。

我也在电脑屏幕上吻了她的嘴唇。

瞬间，她的嘴唇消失了，她整个人也消失了，前方的地道里空空荡荡的。

刚才也许是吻别。

我不后悔，我要找到她。我继续前进，越来越感受到地宫与墓室里的气氛，我知道那扇大门已经为我开启，地形图里一大半的空间已经显露出来，在地宫的中心，我知道，她在那儿。

我来了。

我终于闯进了地宫的中心。

那是一个巨大的空间，黑色的雾气笼罩着四周，头顶是黑色，脚下是黑色，前后左右都是黑色，在这黑色世界的中心，有两口硕大的黑色棺椁。

我点击了其中较大的一个棺材，棺盖打开了，我看到里面是一具穿着清朝皇帝龙袍的白色骷髅。

我知道，他是同治皇帝。

那么下一个呢？

我会看到什么？

我的鼠标移动到了第二个棺椁上面，停留了片刻，我的手指似乎不听我的指挥了，僵硬了一会儿。终于，我深呼吸了一口，连着按了两记左键。

棺盖打开了。

屏幕变成了一片黑色，在黑色的中心，出现了一只眼睛。

确切地说，是一个女人的眼睛。

我能感觉到这只眼睛有长长的睫毛、乌黑的眼球、明亮的眸子、黑洞般的瞳孔。我又产生了那种感觉 —— 这瞳孔像个无底洞，像口深深的水井。

灯灭了。

一瞬间，我房间里的灯灭了，全部的灯，包括电视机的电源灯也灭了，整个房间里一片漆黑。怎么回事？也许停电了？天哪，但愿只是停电而已。但我却感到了一种发自心底的恐惧深深地渗透进了我全身每一寸皮肤。黑暗是恐惧的根源，陷入黑暗中，每个人都会把自己心中深埋着的恐惧挖掘出来。我不想挖掘这恐惧的潜力，但我无法抗拒，我无能为力。我无法确知这恐惧到底在哪里，但我突然产生了一种直觉——恐惧就在我背后。

　　电脑屏幕里的那只眼睛消失了，变成了一片灰色。

　　十几秒钟以后，灰色的屏幕上突然出现了一行字——看看你的身后。

　　我回过头去。

　　一个人影，我看到一个人影站在我的背后。

　　我把手放在了胸口上，我能感到自己的心跳几乎要跳出胸膛了。我站了起来，借助着电脑屏幕里发出的微弱的灰色的光，看着我身后的人影。

　　人影向前移动了一步，不是我的幻想，而是确确实实存在着的一个人影，而且是个女人，就在我的房间里，在我的面前。

　　电脑屏幕灰色的光照射在那个人的身上。

　　香香。

　　她全身穿着白色的衣服，脸色苍白，面无表情，我能感到她的身上发出一种寒冷的气息。

　　"香香。"我叫她。

　　她不回答，只盯着我看，几秒钟后，从她的嘴里一字一顿地吐出几个字："还——我——头——来——"

　　这不是她的声音，我确信，这绝对不是她的声音，无论是十八岁时的香香，还是我的 Rose，都不是这个声音，这是另外一个女子的声音。

这声音充满了哀怨，充满了仇恨，不像是在房间里的人发出来的，而是从地下发出的，就像是把耳朵贴在地面上听到的那种声音一样，异常地沉闷。

当她说完这四个字，突然，我房间里的灯全都亮了。

在这瞬间，她消失了。

我的眼睛刚从前面的黑暗中出来，还没适应，我使劲地揉了揉眼睛，再看了看我的房间，她不见了，的的确确消失了，就像这光线一样。

再看了看电脑，我的电脑居然已经自动关机了。

我长出了一口气，又坐了下来，我的额头上全是汗，我知道我刚才恐惧极了。我不敢再回想刚才发生的事情，于是匆忙地睡下。

我梦见了一个女人。她有丰满的胸脯、修长的手臂和腿、白皙光滑的皮肤，唯独缺了一样——她的头。

一个没有头颅的女人。

THE VIRUS
2月21日

早上醒来，眼皮还是很重，我一夜没睡好，却不敢继续睡下去，因为我怕做噩梦，经验告诉我，清晨是最容易做梦的。

我起来了。窗玻璃上结了许多水汽，昨晚很冷，也很潮湿，这些水汽就像霜花一样覆盖在玻璃上，小时候我常爱在结满水汽的玻璃上写字画画。但现在，我看到在窗户玻璃的水汽中，有着非常醒目的几个大字——还我头来。

是谁写的？我靠近了看，我肯定这是在室内写的，也许是她在昨晚写的。但是，她究竟是谁呢？真的是香香吗？我产生了怀疑。

我坐下来，喝了一口水，心情平静了一些，开始回忆昨晚看到的一切。

我仔细地想了想昨晚所发生的几件怪事，学着叶萧的样子开始归纳推理：

第一，昨晚我房间里所有的灯怎么会突然灭掉，又突然恢复。我再把这些灯包括电路检查了一遍，没问题，总电源也没问题。我的电脑没有装 UPS，如果停电，肯定不会亮的，而昨晚只有电脑是发出灰色的光

165

的。我出门问了问隔壁一户人家，他们说昨晚上打麻将打了整个通宵，绝对没有停过电。所以，我这里肯定没问题，问题应该出在"古墓幽魂"身上。我过去看过一些文章，讲的是利用电波信号，使家用电器出现故障。或许"古墓幽魂"在传输内容的时候，同时传输了电磁波信号，信号通过我的电话线进入我家的电路系统，从而使房间里的电灯灭掉，也许这是唯一的可能性。

第二，香香怎么会突然出现在我的房间里，又突然地消失。她绝不可能是预先打开了我的门，进到我房间里躲着，然后突然出现再突然离开，尤其是她离开的时候，就那么一瞬，显然不可能。我注意到昨晚我并没有碰过她，也许这一点很关键。她先是站在我的背后，然后又往前走了一步，而我开始是在电脑前，后来又站起来，也就是说她始终都面对着电脑。当时在灯全灭了的情况下，亮着灰色光的电脑屏幕是房间里唯一的光源。没有电脑的光，我就看不到她，那么，也许我看到的根本就不是她本人，而是她的影像。虽然她和我面对面，但是，我知道通过光源的折射和其他许多途径，再加上屏幕亮着光的电脑本身可能就是一个类似于电影院里电影放映机一样的装置，对，电影院里也是一片漆黑的，除了屏幕。那么，或许这样就可以制造出一种身临其境的感觉，让我误以为看到的就是她本人。

第三，最后她说的那句"还我头来"是什么意思。这声音嘛，很可能是从我音箱里发出的，那么这句话的含义是什么呢？在进入迷宫游戏以前，出现了"她在地宫里"五个字，然后我又多次见到这五个字，比如在端木一云工作室的档案里我也见到了这五个字，也许这五个字就是一种暗示，给人以一种好奇心，来探究她是谁，地宫又在哪儿，吸引人们进入地宫。而我昨晚在电脑的迷宫里，确确实实进入了地宫，打开了棺材，看到了那只眼睛，就像我被莫医生催眠以后的感觉一样。接着，就是香香的身影，香香对我说："还我头来。"我可以肯定，那不是她的声音，至少不是我听到过的香香或者 Rose 的声音。难道还有另一个女人？我想不通。"还我头来"又是什么意思？我过去读过的那些中国古典小说里，那些被砍了头的人变成鬼魂以后常说的一句话就是"还我头来"，大多是向那些仇人报仇索命来的。我与她有仇吗？她的头不是好好的吗？或许是——我理解不了。

我又抬起头，深呼吸了一次，看了看窗外，太阳已经升起，阳光照射在玻璃上，昨晚凝结的那些水汽已经快化了，变成了一道道水流向下滑落。

"还我头来"。

玻璃上这四个字也模糊了，笔画下端带着细细的水流，像条条小溪一样，不过，我觉得那更像是一道道从脸颊上滑落的眼泪，阳光剥夺了它们的生命。

也许，这四个字又是一种暗示，希望看到这四个字的人去进行某件事。"还我头来"，从句式来看应该是祈使句——请你把我的头还给我，大约就是这个意思了。对，也许这就是她对我提出的要求，她要我为她办这件事。而那些自杀的人，一定看到过这四个字。也许冬至前夜的晚上，林树看到了这四个字，而且，也许他也见到了香香的影子。他和我，还有香香都是同学，他一定非常惊讶，百思不得其解，觉得很害怕，才发 E-mail 给我。而一旦，当他没有为她完成这件事的时候，或者他觉得自己无论如何都无法完成这件事，于是，他就绝望地自杀了？其他人也一样，也许就是这个原因。

但愿我没有猜错。

假设我前面的猜测都是正确的，她要我把她的头还给她，这就说明她失去了自己的头，希望找回它。我知道这十分可笑，哪有满世界寻找自己头的人，但我觉得这是唯一能够解释的理由了。她怎么会失去头了呢？太离奇了，这我暂时没有工夫去管了，现在最重要的就是满足她的愿望，帮她找到她的头，如果我办不到的话，也许我会和那些自杀的人一样，我又产生了那种恐惧。

我办得到吗？

我摇了摇头，说实话，找到她的头，这种事连她自己都办不到，我们凡夫俗子就更办不到了，我简直是在痴人说梦。难道我真的逃不过这一劫了？也许我会在不久以后的某个瞬间，绝望到从这楼上跳下去，就像林树一样。在公安局的记录里，又会多一个不明不白的自杀者。

我不想死。

我又想到了香香，到底是不是她？如果是，又如何解释"还我头来"？我发觉我难以自圆其说。我再次陷入了痛苦中。我意识到，香香应该是突破口，香香的确死了，在我十八岁的时候，香香就已经死了，千真万确，人死不能复生，这是一个用不着怀疑的真理。

就从香香开始。

我去找香香的父母。

过去我们同学之间经常互相串门，还好，我现在还记得香香的家。香香家里的条件很好，房子很大，位于市中心的一栋三十层楼的建筑里。她的父亲为我开了门，他没有认出我，其实他过去是见过我的。我说我是香香过去的同学，于是他对我很热情，给我倒了杯咖啡。

我没有喝，仔细地观察香香的父亲，他比过去老多了，应该只有五十岁，但头发却白了许多，看上去像六十岁的样子，有着一双忧郁的眼睛，也许他一直没有从中年丧女的悲痛中恢复过来。我直截了当地说："对不起，我这次来，是因为我见到香香了。"

他摇了摇头，淡淡地说："你认错人了，这世界上长得一模一样的人有许多。"

"那么那股天生的香味呢？"

他似乎颤抖了一下，声音有些走调："别提这些了，都是过去的事了。"

"对不起，但是，今天我一定要提，因为这也许关系到许多人的生命。"

"你说什么？"

"伯父，请你仔细回忆一下，在香香出事以后发生过什么特别的事？我知道你不愿意回忆那段痛苦的事，但现在这对我来说非常重要，非常重要。"

"真的吗？那我想想。"他皱起了眉头，然后有些犹豫地说，"没发生过什么事，把咖啡喝完，你快回去吧。"

他好像在回避着什么，我的直觉告诉我，他在说谎，而他似乎并不是那种善于说谎的人，因为他说这些话的时候，一直没有正视过我的眼睛。因为他害怕。

我决定冒险："伯父，我几天前还和香香在一起，她什么都告诉我了，你不要再隐瞒了，请相信我，这事关重大。"

"别说了，你饶了我吧。"这个五十岁的男人在我面前低下了头，他的头发在颤动，我知道，他也是一个脆弱的人。

"请告诉我，也许你会拯救许多人的生命。"

他抬起了头，两个眼睛睁得大大的瞪着我，然后又平和了下来，缓缓地说："这是件不可思议的事情，我曾决心永远埋藏在心里，不对任何人说。因为即便说了，也没有人会相信。"他又停了下来。

"我相信。"我催促了一声。

他点了点头，继续说：

"那年的夏天，当我和香香的妈妈接到你们从江苏打来的电话，得知香香遇难的消息以后，我们几乎不敢相信这是真的，立刻赶到了那里。看到香香的遗体以后，我的精神崩溃了，香香是我们唯一的孩子，我们养了她十八年，她漂亮、可爱、聪明，她是我们唯一的希望。可是，她就这么死了，我觉得我的生命缺少了一部分。

"按规定，香香要在当地火化，我们把她送到了当地的殡仪馆里，然后住在那里的宾馆中，准备第二天的追悼会。

"就在追悼会的前一天晚上，有一个人来到了我们的房间。他问我们想不想让我们的女儿回到自己身边。我说当然愿意，但这是不可能的。可是，他说他能使香香复活。我当时觉得他是神经病，但他坚持说他可以让我女儿回到我们身边，条件是必须把这件事保密，绝对不能让其他人知道。然后，他离开了。

"我觉得这个人莫名其妙，我是一个大学教师，教生物的，我绝对不相信他所说的话。但是，非常奇怪，我的心里深处，却隐隐约约地希望这个人说的是真的，因为我们太爱香香了。为了香香，我们什么都会做的！

"追悼会上，我们见了香香最后一面，她安静地躺在玻璃棺材里，睡着了似的，我真的希望她仅仅只是睡着了。追悼会结束以后，我和香香妈妈进入了准备火化的工作间，要送香香最后一程。

"令我们意外的是，这里的火化工，正是昨晚上来到我们房间里说可以让香香复活的那个人。他向我们笑了笑，然后让我们退出去，我不同意，坚持要看着香香离开我们。可是，香香的妈妈心软了，她同意了那个火化工的要求，最后，我也没有坚持，离开了火化房。

"一个小时以后，那个火化工捧着香香的骨灰出来了，我怀疑那并不是香香的骨灰，他说千真万确，是香香的骨灰。但同时他也保证，香香可以在三天后回到我们身边，让我们仍然留在宾馆里。

"我不相信他的话，决定回家，离开这个伤心之地。但是，走到长途汽车站，我又折返回了宾馆，我不知道这是什么原因，也许是因为我们太想香香了，失去了应有的理智，还存在着幻想，认为香香的死只是一个不真实的噩梦。

"在怀疑中，我们在宾馆里度过了三天，第三天的夜晚，当我们失望地准备行装打算回家时，突然有人敲门。我打开了门，瞬间，我惊呆了，在我面前站着的是香香，没错，绝对是她，她身上天生的香味我立刻就闻了出来，不会有人假冒的，绝对是香香，我和她的妈妈立刻抱住了她，我们都哭了，除了香香。

"但她似乎对自己所发生过的事情什么都不知道，只知道自己在池塘里游泳，然后上了岸，就直接到宾馆里来找我们了。她还穿着出事那天穿的衣服，一副若无其事的样子，嚷嚷着肚子饿，吃了许多东西。当天晚上我们就回上海了。我们不敢把这件事告诉任何人，甚至不敢让香香和我们住在一起，以免让别人看到，我们在外面给她租了间房子，让她改名换姓，供她读大学。

"但是，她变了许多，也许是由于分开住的缘故，她对我们很冷淡。以往她喜欢唱歌跳舞，非常外向，但上大学以后就变得内向了，喜欢看一些不知所云的书，说一些关于生命和哲学的非常玄的话，总之和过去大不一样了，尽管外表和声音一点都没有变。大二以后，她放寒暑假就不回家了，不知在什么地方租房子住。一年前，她的妈妈生了癌症去世了，她居然没有回家见她妈妈最后一面。等到她大学毕业以后，就和我失去联系了，我们父女再也没有见过一次面。"

"这也许是个错误。"我自言自语道。

他叹了一口长气："是的，刚开始的时候，我虽然无法理解，但是我觉得这是一个奇迹，我需要这个奇迹，但是到后来，我发觉香香发生的这些变化，就开始重新衡量当初发生的一切了。也许，让香香安静地躺在地下更好，虽然那是一个悲剧，但毕竟是已经发生了的事，要去人为地改变这个结果，是会遭到惩罚的。也许这真的是一个错误。"

"那么那个火化工呢？他什么样子？"

"大约和我差不多的年纪，没有什么特别的地方，只是说话神秘兮兮的。"

"你后来没有去找过他？"

"没有，原本有过去专程道谢的念头，但最后也没有去成，因为我始终想不通，那个人为什么要为我们这么做，他没有得到一分钱的好处。因为有那么多疑问，而且，我心里一直对这个人有一种恐惧的感觉，所以一直没有去找过他。"

"谢谢你，伯父，没有别的了吗？"

"没有了，我知道的全都告诉你了。说出来，心情就好一点了，我现在已经违反了当初和那个人的约定，把这些事告诉了你。年轻人，你能不能告诉我，香香现在还好吗？"

"她——很好，一切都好，你别为她担心，也许，她很快就会回到你身边的。"我不愿把那些可怕的事告诉这个可怜的父亲。

"这样我就放心了。还有，你前面说，这些事关系到许多人的生命，是真的吗？难道香香做了什么可怕的事？"

"这我不知道。"我不愿意回答。

"不，我明白，这是一个错误，香香已经死了，死了就死了，她不应该再回来，不应该，我知道，迟早要出事的，因为违反了自然规律，必然遭到自然规律的惩罚。"他有些哽咽了。

我不想再给他平添伤心，匆匆地告辞了。

我要找到那个火化工。

THE VIRUS
2月22日

　　远处一片迷茫，全是灰色的水和灰色的天空，看不到陆地。风很大，我能看见车窗外的船员被吹得东倒西歪。我坐在车窗边的座位上，盯着窗外波涛汹涌的长江口。这是一辆开往苏北的长途汽车，车子正固定在汽车轮渡上过长江。

　　我的身边是叶萧，他依旧是一副忧郁的神情，还在喋喋不休："你不应该不听我的劝告去上'古墓幽魂'，我不想失去你，你知道最近已经有多少人出事了吗？"

　　"我绝不后悔。"

　　"别说了，你以为是我要来帮你的吗？我已经对你说过了，我决心退出了，不想再管这件事了，去他的'古墓幽魂'，和我没有关系了！"他上了些火气，声音很大，引来了车厢里许多人的注意。

　　"那你为什么还要和我一起来？"

　　"因为你妈妈，前几天我见到你妈妈了，她说你最近一直没有回家，她和你爸爸都很担心你，他们好像已经看出一些不对劲的地方了。你妈妈对我千叮咛万嘱咐，要我一定照顾好你，你爸妈就你一个儿子，他们不能失去你，你知道吗？你就算不为你自己，也要为你爸妈想想，我从小在你家长大，你妈妈对我就像对自己的儿子一样，我不能不答应她。所以，我必须跟着你来。"

我沉默了半晌，然后把香香的事情一股脑儿地告诉了叶萧，我说了很久，全部的细枝末节都说了，包括那晚在香香家里发生的事。轮渡上了岸，汽车继续在苏北平原上疾驶，又过了几个小时，我们终于抵达了当年香香出事的那个县城。

我发现这里已经有了许多变化，但大致的模样还没变，又让我触景生情了一番。如果十八岁那年我和香香能够安分守己地待在家里，熬过那个酷暑，一切的错误就都不会发生了。

我和叶萧直奔当地的殡仪馆。

我一直觉得，殡仪馆对人生来说是一个非常重要的地方，医院的产房是人们来到这个世界之处，而火葬场的火化炉则是人们离开这个世界之处。我们走进殡仪馆，这里被一片萧条的气氛笼罩着，地方不大，我很快见到了举行香香追悼会时的那个小厅，当时，我以为那是最后一面了，我哭得很厉害，从来没有那样哭过。

我们找到了这里的负责人，还是老样子，叶萧出示了工作证，说明了我们的来意。随后，我们查阅了香香火化那天这里的工作值班记录，记录上登记着那天工作的火化工的名字：齐红李。

"这名字挺怪的，我们现在可以找到他吗？"我忙着问。

负责人回答："齐红李这个人一年前突然双目失明，回家了，不过我可以把他现在的住址告诉你。"

我接过他抄给我的地址就要走，叶萧却拉住了我："慢点。"然后，他对那负责人说："对不起，我能看一看你们这里有关齐红李的人事档案吗？"

"可以，不过他眼睛都瞎了，不可能犯罪啊。"

"没说他犯法，只是调查一下。"

我们在殡仪馆的人事档案里找到齐红李的信息——性别：男。出生年月：1950年1月15日。籍贯：浙江湖州。婚姻状况：未婚。

而在简历里，只填写着：1972年起在本县殡仪馆火化房工作至今。

"怎么工作前的简历全是空白的呢？这不符合规定啊。"叶萧问。

"这个嘛，我就不清楚了。我听这里的老职工讲，齐红李这个人，是'文革'时候来到我们这里的，当时形势很乱，这里有许多来自全国各地的流浪汉，他也是其中之一，不过和别人不同的是，他是上海口音，是唯一一个来自上海的流浪汉。因为这个，当时的老馆长可怜他，同意他在这里做临时工，做最脏最累的火化工的工作。后来时间长了，他又工作得非常认真卖力，从来不出错，于是就给他转成正式工了。"

"他是流浪汉，当了正式工后户口怎么办？"

"'文革'的时候，一切都很乱，后来，他就自己报了一个户口，那时候的派出所天天搞阶级斗争，谁还管这种小事啊，就真的给他报上了，算是我们这里的人了。"

"真奇怪，他为什么一直不回上海，而要留在这里呢？"我不解地问。

"是啊，他这个人一直都很怪，很少说话，在这里几乎没什么朋友，也一直没有结婚。有人怀疑他是'文革'的时候犯了案逃到这里来避风头的，但是也没什么证据，而且他虽然性格很怪，但应该还算是一个好人，平时工作一直很认真，没做过什么坏事。一年前，他突然双目失明了，检查不出什么原因，也许他真做过什么坏事，遭了报应了。"

"谢谢了。"

叶萧和我离开了殡仪馆，按照那个负责人给我们的齐红李的地址找到了那里。

　　这是在小县城的一个毫不起眼的角落里的一栋小平房，低矮，潮湿，阴暗。我们钻进房子，立刻闻到了一股难闻的味道。

　　那个人就在我们面前，一个五十岁左右的中年男子，中等个子，毫无特点的脸，眼睛睁得很大，却一点神采都没有，直盯着正前方，果然是个瞎子。

　　"你是齐红李？"

　　"两个年轻人，你们找我干什么？"

　　他居然听出了是两个年轻人，叶萧说话的声音能够被听出倒也不足为奇，可是我还没说过话呢。我仔细地观察了他片刻，然后轻轻地说："四年前，你做过一件事。"

　　"什么事？我做的唯一的事就是烧尸体。"

　　"你火化过一个女孩，然后，你使她重新回到了她父母身边，我就是为了那件事来的。"

　　"我听不懂。"

　　他的口风可真紧，我决定吹个牛皮，冒一回险，我突然大声地说："我是那女孩的哥哥！你不要再隐瞒了。难道你一定要见到她才肯说实话吗？"我看了看叶萧，他偷偷地对我跷了跷大拇指。

　　"你真是她哥哥？"

　　"当然了，同一父母生的亲兄妹。"

　　"你说谎。你的声音告诉我，你在说谎，相信一个瞎子的听力吧。"

　　我吃了一惊，后退了一步，还想硬撑，却说不出话了。叶萧给我做了一个手势，然后靠近了齐红李，用上海话说："1972年以前，侬在啥地方？"

　　齐红李显然吃了一惊，神色有了些变化，吞吞吐吐地说："你说什么？

我听不懂。"

"别装了，明明是上海人，'文革'结束以后为什么不回去？为什么要私自在这里报户口？为什么简历上 1972 年以前全是空白？"叶萧说话有一种咄咄逼人之势。

"你到底是谁？"

"你用不着管我是谁，问题在于你究竟是谁？齐红李？这名字太怪了，你到底叫什么名字？"

"你知道了多少？"他的回答有些慌乱。

"那取决于你，告诉你，这不是我们几个人的事，而关系到许许多多的人。我想，你不是那种搞阴谋的人吧。"叶萧看了看他，点了点头，接着说，"相信我们，我们不是来给你找麻烦的，我们是为了真相，因为这真相事关重大。"

齐红李不回答，他那无神的眼睛眨了几下，最后轻声地说："告诉我，已经死了多少人了？"

这是突破口，叶萧立刻回答："许多，至少已有几十人了，过几天也许会更多，我们在和时间赛跑，能挽救多少人就挽救多少人。说吧。"

"到现在，我已经没有必要隐瞒了，我的眼睛全瞎了，用不着担心见到那些可怕的事情了。我的真名叫李红旗，齐红李倒过来读就是李红旗。1966 年，我是南湖中学的毕业生，加入了红卫兵，我们那里有一栋黑色的房子，我们占领了那个地方。"

"你就是那个失踪的人？"我打断了他的话，又看了看叶萧，他对我摇了摇头，做了一个嘘声的动作。

"你们居然知道？"

"知道一些，但不是全部，你别管我们知道不知道，照实全说就是了。"叶萧说。

"当时，我们为了'闹革命'，下到了地下室里，发现里面躺着一个赤身裸体的女尸，我们很害怕，写了些标语就离开了。第二天，我们中的一个自杀了，另一个人张红军告诉我们，他们两个人前一天晚上去摸过那个女人。没想到，第二天凌晨，张红军就自杀了。

"我们觉得非常奇怪，于是，又下到地下室里想探个究竟。在地下室里，我们再一次面对那个女人，已经没有了害怕的感觉，虽然已经死了两个人，但我们实在想不出他们的死和那个女人有什么关系。

"那个女人非常美，有一种特别的魅力。我们从没有见过女人的身体，于是情不自禁地摸了摸，仅此而已。那天晚上从地下室出来以后，我们中的一个，他叫穆建国，发疯似的冲向了在南湖路上疾驶而过的一辆大卡车，司机根本来不及刹车，穆建国当场就被撞死了。在那晚的下半夜，吴英雄和张南举自杀身亡了。第二天的晚上和第三天凌晨，辛雄和冯抗美又自杀了。在短短两夜的时间里，我们就死了五个人，剩下的六个人非常害怕，我们开始意识到，这一定和地下室里的女人有关。

"不知是谁提了一句，认定那个女人是个妖怪，给我们下了咒语。虽然当时我们红卫兵说要除'四旧'，自己却开始相信这种东西了，于是我们决定把那个女人的头砍下来，以为这样就能消灭她了。我们又下到了地下室里，用一把锯木头的锯子把那个女人的头给锯了下来，现在回想起来，真的非常可怕，简直是一场噩梦。

"更可怕的是，那个女人流了很多血，我们每个人的身上都沾满了血。我们心里都很害怕，看到那些血，看到那个非常美丽的女人的头颅从脖颈上滚落下来，我们都有一种很恶心想吐的感觉。我们把女人留在地下室里，纷纷回家去了。

"接着过了三天两夜，我们都平安无事，侥幸地以为噩梦已经过去了。但是，第四天早上我却发现，樊德、成叙安、罗康明、陈溪龙四个人已经在前一天晚上短短的一夜之间全都自杀了。我害怕到了极点，我们只剩下两个人了，我和黄东海。我相信到了那天晚上，我和他也要死了，于是我们再次下到地下室里，那个女人的躯体和头都在地上，惨不忍睹。我们决定，我们两个分别带着那个女人的头和躯体远走高飞，我带着她的身体，黄东海带着她的头颅。我把她的身体装进了一个大编织袋，坐上了船，离开了上海，来到了苏北。而黄东海则带着那个女人的头颅走了，我不知道他去了哪里，从此我和他再也没有见过面了。"

说到这里，他喘了一口气，显得很痛苦的样子。

我和叶萧对视了一眼，他的脸上也充满了惊讶。我继续问李红旗："接下来发生的事情呢？还有香香。"

"我活了下来，带着那个女人的身躯，在苏北流浪了几年，后来，我来到这里，在殡仪馆里做火化工。我隐姓埋名，不敢回家，一直把那失去了头的女人藏在这间房子的床下，我惊讶地发现，那女人居然没有腐烂，身体还像我刚看到她的时候一样完好如初，简直是个奇迹。

"我渐渐地感觉到，那女人非同寻常，三十年来，我的身边总是发生种种奇怪的事情，经常梦到一个地下的环境，长长的地道，通到一个黑暗的大房间里，在中间有两口巨大的棺材，第一口棺材里是一具骷髅，第二口棺材里就是那个女人。每当我睡上这张床，我就能通过心灵体会到有人在对我说话，一个女人的声音，反反复复地说着四个字：还我头来。我明白，是她，她有强烈的愿望，要找回自己失去的头颅。

"几年前的一天，我在殡仪馆里见到了那个淹死的女孩，她很漂亮，身上有一股香味，非常完美。我突然产生了一个念头，这个念头有些邪恶，但是，直觉告诉我，这个念头是可以成功的。

"于是，我告诉了那个女孩的父母，让他们做好心理准备，然后，在火化的那天，我一个人在火化工作间，用锯子锯下了那个女孩的头，然后把女孩的身体火化了。我偷偷地把女孩的头带回了家，安放在了那个女人的身体上，我觉得她的身体和那个刚死去的女孩的头还挺配的，至少两个人的年纪差不多。

"第二天早上，我醒来后发现她已经不见了，无论是那个失去头颅的女人，还是那颗女孩的头都消失得无影无踪。我想，我应该是成功了。也许，她得到了头颅之后，就会从我身边消失，也不会再发生那些可怕的事情了。"

说真的，听完了这些，我有一种想吐的感觉，脑子里浮现出了一幅香香的人头从她的身体上被锯下来的景象，若不是叶萧死死地拉着我，我真想揍这家伙一顿。

李红旗继续说："但是，我错了，去年的一天，她回来了，那个被淹死了的女孩的脸出现在了我的面前，还是带着那股香味，没错，就是她，而她的个头、身材，完全就是那个神秘的女人的身体。她复活了，真的复活了，借着另一个女孩的人头复活了。我很害怕，她看着我，一句话都不说，然后就离开了这里。当天晚上，我的眼睛就失明了，什么都看不见，医生也检查不出原因。我自食其果了，我又想到了当年死去的那些红卫兵。现在，她重新回到了人世，又会发生什么事呢？我不敢想象了。"

"没有了吗？"

"是的，我全告诉你们了，我知道，我有罪。"

"你是有罪。你把香香——"我一把抓住了他的衣领。叶萧拉住了我，"够了，他已经受到惩罚了。我们走吧。"

我松开手，离开了这个狭小的房间，出门前我特意回头看了看他的那张床，那个失去头颅的女人，也就是同治皇帝的皇后阿鲁特氏，曾在这张床下躺了许多年。而李红旗，则闭上了他那失明的双眼，把头埋在自己的膝盖上。

　　夜幕即将降临，我们搭上了最后一班回上海的长途汽车。

　　长江口上的晚霞壮观无比，但我无心观赏，心中充满了——她。

　　因为恐惧。

THE VIRUS
2月23日

　　这几个昼夜里，我时常产生幻觉，每当我闭上眼睛，就会感到那只眼睛在看着我。过去，我睡觉的时候房间里总是一片黑暗，但是现在，我总是开着一盏壁灯睡觉，因为我有一种感觉，强烈的感觉，感觉那只眼睛在看着我，感觉她就在我的身边，随时随地都会抓住我的手。

　　现在我终于明白，这些天来，我所见到的香香，或者说是 Rose，其实，就是皇后。由于李红旗所干的那件罪恶的事，她的头颅是香香的，而身体是她自己的。我知道除了叶萧，没有人会相信这件事的，就连我也希望这只是一个梦，但是，这些天来所发生的一切，却太真实了。

　　我们一直在苦苦地寻找"她"，却没想到，其实从一开始，她就在我身边，对我微笑着，让我想入非非，让我——我想到了那天晚上在她租的房间里发生的事情，天哪，我干了些什么！我以为那是香香，香香的身体，我以为，我终于得到了香香和她的身体，其实，香香的身体早已经化作了骨灰。事实上，我所得到的，竟然是皇后的身体！我早就应该想到了——那晚当她的身体一览无余地呈现在我面前时，我见到的她腹部那道粉红色的淡淡的伤痕其实就是当年盗墓贼剖开她肚子所留下的，当时愚蠢的我居然没有想到这一点！我不敢再想下去了，但愿这只是噩梦。我突然全身发冷，我都干了些什么啊？她，在一百多年前就已经埋入了坟墓中，碰过她的人几乎全都死了，而我却完完全全地，从里到外地得到了她。我算是什么？皇后的情人？也许这种不可思议的情节在小说里是非常浪漫的，但是，对于我来说，却无疑让我坠落到了恐惧的深渊之中。

也许我会像那些碰过她的人一样？

死亡离我很近了。

我很害怕。

现在是下午，叶萧的电话来了，我和他在外面会了面。叶萧说："我今天又重新查过黄东海的户籍资料了，现在的关键就是他，只有他和李红旗两人活了下来，李红旗带走了皇后的身体，黄东海带走了皇后的头。那句'还我头来'毫无疑问就是指黄东海所带走的她的头。"

"对，找到皇后失去的头，也许就是唯一的机会。"我觉得我现在就像一个即将淹死的人抓住一根救命稻草一样。

"现在我们去黄东海的家里去看看，他家一直都没有搬。我听说有许多失踪后注销户籍的人其实还是跟家里存在某种联系的，也许我们可以去碰碰运气。"

我们赶到了闸北的一个工业区里的居民小区，四周充斥着灰暗的空气，令人的情绪也变成了灰色。我们踏上一栋青色居民楼肮脏的楼梯，敲开了四楼的一户人家的门。

家里只有一对七八十岁的老人，布置很简单，空荡荡的。

"请问你们是黄东海的父母吗？"

"你们是哪儿的？"

叶萧说："我是公安局的。"

"公安局的？难道我们家的东海有消息了？同志，是不是？"老人一把紧紧抓住了叶萧的手，两只有着重重的眼袋的眼睛放出浑浊的光芒。

"不是，我们是来调查一些他的情况的。"

"难道他做过什么坏事？"老人依然很关切，从他的眼神来看，我觉得他的确不知道自己的儿子在哪里。

"不，老伯伯，我只是做一些调查而已。"

"'文化大革命'的第一年东海就失踪了，那年他加入了红卫兵，天天出去'闹革命'，后来，我们发觉他有些不对劲，总说些糊里糊涂的话，好像非常害怕的样子，成天提心吊胆的。突然有一天，他带了一个铁皮箱子回家，我们要看看里面有什么东西，他却死活都不肯，反而问我们要了几张全国粮票和一些钱。第二天，他就离家出走了，再也没有回来过。三十多年了，一直到现在，我们老两口做梦都盼着他回家，他是我们唯一的儿子。"说着说着，两个老人都流眼泪了。

"那么我们能不能看看他过去的照片？"我突然问了一句。

老人的手颤抖着从一个柜子里取出了一本照相簿，一边说道："东海可是一个好孩子，从来没干过坏事，同志，如果有了他的消息，请一定告诉我们。"他拿出一张照片，交到了我的手里，"瞧，这是他失踪前几个月拍的照片，多漂亮的孩子啊。"

照片上是一个十六七岁的男孩子，消瘦的脸庞，明亮的眼睛，的确很漂亮，照片的背景是外滩的几栋大楼。我仔细地端详着这张照片，觉得照片里的这张脸有些熟悉，在哪儿见过呢？我皱起了眉头，在脑海里搜索起来。

"小同志，有什么不对？"老人关切地问我。

"不，不，没什么不对。"我再仔细地看了一眼照片，把那张脸牢牢地记在了心中。然后我把照片还给老人，接着便告辞了。

出了楼，叶萧神色凝重地说："你相信他说的话吗？"

"相信。"

"我也相信，如果真的找不到黄东海的话，也许我们就没希望了。"叶萧的手搭住了我的肩头，"过来和我一起住吧，我怕你——"

"怕我和那些自杀的人一样？不，我要试验一下我的意志力，哪怕以生命为代价。"

叶萧又拍了拍我的肩膀："好自为之吧。我先走了，你自己回去吧。有事打电话给我。"接着，他消失在了夜幕中。

我独自一人徘徊在上海的夜路上，这里的空气很不好，我抱着自己的肩膀，慢慢地踱过一条条街道。那张黄东海的照片一直在我脑子里时隐时现，那眉毛，那眼睛……我的眼前出现了一片迷雾。凉凉的夜风吹到了我身上，我开始浑身发抖。黄韵，我突然想到了她。怎么会想起她？我以为我要遗忘她了，这些天来，我全想着香香和皇后，而黄韵，她差点就和我领结婚证了，我却几乎遗忘了她，我感到了深深的内疚。

而现在，凄惨的月光下，我仿佛看到了她的那张脸，还有黄东海的脸。我终于记起来了，感谢我的记忆——在我去黄韵家找她的那天，当我发现她已经永远离开了我以后，我在她家看到了一个小镜框。小镜框里有一张青年男子的照片，那眼睛，那脸庞，我还深深地记着，因为他是一个英俊而忧郁的男子，非常吸引人的注意力。没错，我现在可以肯定，那张照片里的青年男子，和我今天看到的照片里的黄东海是同一个人。不会有错的，虽然一个是十六七岁，另一个是二十几岁，但是变化并不大，脸部的轮廓还是那种独一无二的英俊，尤其是气质，绝不是别人可以模仿的。

　　我还记得，黄韵的妈妈对我说——照片里的这个男子是黄韵的亲生父亲。

　　我加快脚步，冲进了茫茫夜色中。

THE VIRUS
2月24日

天色还是那么阴沉。我明白自己是在和时间赛跑。我独自走进那条挤在商务楼中间的弄堂，推开那扇石库门房子的大门，走上陡陡的楼梯。我敲了敲门，黄韵的妈妈给我开了门。

"怎么是你？"

"对不起，阿姨，有些事情想问问你。"

"快进来吧。"

我走进了屋子，黄韵的那张黑白照片摆在台子上，她依然在向我微笑。然后，我看到了梳妆台上的那张年轻男子的照片，那张忧郁消瘦英俊的脸，独一无二，绝对是他——黄东海，我不会认错的。

"黄韵已经走了整整一个月了，你是来上香的吗？"她平静地问。

一个月？对，黄韵是大年夜守完岁以后死的，到今天整整一个月了。她离开这个世界只有一个月，而我几乎遗忘了她，我不敢再看她的照片了，只是低着头，匆匆给她敬了一炷香。然后我回过头看着黄韵的妈妈，看得出，她年轻的时候应该和黄韵一样漂亮，风姿绰约。现在，她显得老了许多。

"阿姨，其实我来是因为别的原因，我知道这些问题对你来说可能非常敏感，不方便回答，但是，却是非常重要的问题，我想知道，黄韵的亲生父亲是不是叫黄东海？"

"对，你怎么知道？"她显得很惊讶。其实我也觉得自己运气比较好，我原来以为黄东海失踪以后应该改名换姓的，看来他没有这么做。

"阿姨，我不想探究别人的隐私，不过，我可以告诉你，黄韵的死很可能与他有关。"

"他害死了自己的亲生女儿？"

"不是，但有间接的关系，请你相信我，现在一时半会儿也讲不清楚，也许以后我会给你解释的，我只想知道黄东海的情况，全部的情况，你知道多少，就请告诉我多少。"

"一切都要说吗？"

我知道有些事情她是不会告诉我的，我的年龄能做她的儿子，问这些她年轻时候的风流韵事实在不妥当，我只能做一些让步："阿姨，我明白你很为难，那好吧，你认为纯属个人隐私的事就不必说了，但关于黄东海的事情请你告诉我吧。求你了。"我几乎是低声下气地说。

她却出乎我的意料，淡淡地说："都是些过去的事，告诉你也无所谓啦。"她看着女儿的遗像，对着照片里的黄韵笑了笑，然后也对我笑了笑，非常自然，就像黄韵还在她面前一样，我觉得她真是个非同一般的女人。

接着，她缓缓道来："那是1976年的时候，我的父母早就被打成右派去了内地接受再教育，我一个人住在家里。当时我既没有去上山下乡插队落户，也没有进厂做工人，初中一毕业就进了街道的生产组，那时候你还没出生吧，不会明白什么是生产组的。

"那时候无非是糊糊火柴盒、装订纸张之类的活，非常辛苦。有一天，生产组里来了一个年轻的小伙子，他就是黄东海，没有人知道他是从哪里来的，因为是生产组这种地方，也没人去过问。他很少和别人说话，但是什么活都肯干，生产组里多是女同志，我们也乐意把重活脏活留给他干。

　　"他每天晚上都睡在生产组的小仓库里，那是间漏风的小房间，对着马路，潮湿阴冷，当时是冬天，在那地方过夜简直会被冻死。我可怜他，于是，就让他搬到我家里来住了。那些天里，整栋石库门里就我一个人住，趁着没人注意，他在我家里住了几天。他一直随身带着一个铁皮箱子，用铁锁锁着，从来不让我碰。有一天晚上，天很冷，他拎着箱子悄悄地走了出去，我很奇怪，就跑到窗户边上，看，就是这个窗户，从这个窗户往下看去，是石库门的天井。"

　　我走到窗边，往下看了看，果然，天井里除了中间的过道，四周都是泥地，种了许多普通的花草。

　　黄韵的妈妈继续说："那晚，我从这个窗户往下看去，看到天井里有个人，正握着一把铁锹似的东西在泥地上挖坑。那晚的月光特别明亮，那个人抬头看了看四周，我看到了他的脸，在清澈的月光下，我可以看清楚，那是黄东海。他的身边放着那个被他当成宝贝似的铁皮箱子。

　　"我屏住了呼吸，偷偷地在窗口看着。他似乎没有发觉我，还在卖力地挖着，挖了好几个钟头，挖出一个很深很深的坑，大约有一人深，最后，他把那个铁皮箱子埋进了坑里，又把挖出来的泥土再全部掩盖上，弄得严严实实的，一点挖过的痕迹都看不出来。然后，他就走出了大门。我以为他只是出去走走，却没有想到，他一去就再也没有回来过。九个月以后，黄韵就出生了。二十多年过去了，我再也没有见到过他，也没有他的任何消息。"

我明白她省略掉了中间很多情节，比如她和黄东海之间的事情，仅仅是可怜他才让他住到这里来的吗？也许只有她自己才明白。我又看了看梳妆台上那张黄东海的照片，他的确很能吸引女子，尤其是他的忧郁，的确能让女人来同情可怜他。当然，那些暧昧敏感的事，就让她埋在自己心中吧，我不需要知道这些，对我来说，我已经知道最重要的内容了。

我把头靠在窗边，从这里可以望到不远处几栋高档商务楼闪闪发光的玻璃幕墙，我指着下面的天井说："阿姨，下面天井里一直没人动过吗？"

"没人动过，八几年的时候，楼下的人家在泥地上种了许多花，你看，就是天井里的这些，到了夏天下面全是一片绿色。黄东海埋那个箱子的具体位置，如果我没记错的话，就在那棵最大最高的山茶的下面，瞧，就是正在开花的那棵。"

我看了看天井，的确有一棵又高又大的山茶，我爸爸也种过一棵同样高大的山茶，就是这个样子的，早春时节开花，现在正是花期，姹紫嫣红地开了一片。这时候，我看到有个中年人走进天井，给那些花浇水。小时候我家住在底楼，在天井里弄了个泥坛种葡萄，并不太深，大约只需往地下挖几十厘米就行了。刚才黄韵的妈妈说黄东海那晚在下面挖的坑有足足一人多深，楼下人家种花的话，应该不会挖得那么深，也不会发现黄东海埋在地下深处的那个铁皮箱子。我想了好一会儿，倚在窗口，呆呆地看着下面的天井。

"你怎么了？"黄韵的妈妈叫我。

"哦，没什么。"

"我能说的全都说了，你可以回去了。"

我"嗯"了一声，说了声再见，最后看了黄韵的遗像一眼，慢慢地挪到了门口，刚要跨出门，黄韵的妈妈在我身后说了一句："下面天井的大门每晚都不上锁的，楼下种花的那家人大约十点半以后睡觉。"

我回头对她笑了笑，然后走下了陡陡的楼梯。真是一个绝顶聪明的女人，她已经明白了我的心思，晚上下面的大门不上锁，意味着晚上我可以进来，楼下种花的人家十点半以后睡觉，就是说，十点半以前最好不要来挖那泥地下埋着的箱子，以免被人发现。我在心里对她说了声谢谢。

下午三点，我在外面游荡着，脑子里全是那个埋在天井地下的铁皮箱子。天知道这里面装的是什么，也许是一大笔钱，不过当时的钱放到今天大概也没多少，也许是金子，也许是什么机密文件，也许是皇后的人头。

也许什么也没有。

如果黄韵的妈妈说的都是真的，那么那个箱子已经在地下放了二十多年了，谁能保证二十年来没有任何人动过那块地呢？老实说，那个石库门弄堂能够在高层建筑的夹缝中保存下来已经是奇迹了，如果……如果那箱子里面真的是皇后的人头，那么那地方没有被夷为平地像周围一样造起高楼大厦，一定是万分幸运的事了。

我在外面吃了顿晚饭，然后跑到附近的一个建筑工地上，花了二十块钱向一个民工买了一把铁锹。接着，静静地在一个小角落里等了几个小时，直到我的手表指针指向了晚上十点半。

我握着铁锹走进了黑暗中的弄堂，样子非常奇怪，给人一个建筑工人或者是装修队的小工的感觉。十点半以后的弄堂里显得非常萧条，没什么人，我走到了那扇石库门前，轻轻地推开虚掩着的门，步入了天井。底楼的灯全灭了，楼上的灯也灭了，我不知道黄韵的妈妈是否在看着我，我管不了那么多了。找到了那棵盛开着的山茶，虽然今天白昼阴沉，晚上却月光明媚，我看了看那棵怒放的山茶，也叫曼陀罗花，它开得那样

191

鲜艳美丽，也许是由于它的下面埋着一个女人的头颅的缘故。

对不起了，美丽的山茶，我抡起铁锹，刨开了花枝下的泥土。我不敢太用力，以免被底楼的人家听到，不知道他们到底睡没睡，但我必须冒险。我刨了几下，很快就挖断了山茶花的根，那些美丽的花朵剧烈地摇晃着，红色的花瓣片片飞落，最后，随着折断了的花枝一同掉到了泥土中，像个美丽女子的残骸。我轻轻地叹息了一声，踩着花瓣继续向下挖。我从来没有干过这种事情，动作不得要领，又加上不敢弄出太响的声音，不一会儿就已经浑身是汗了。

在银色的月光下，我继续挥舞着铁锹，就像一个地地道道的盗墓贼在盗掘一座古墓。我有那种预感——我离她越来越近了。我有些害怕，但是背脊上的汗水暂时减轻了害怕对我造成的恐惧与不安。铁锹深深地插入地下的泥土，那些黑色的泥土非常松软，所以，我挖的速度越来越快了，也许这是因为这片泥土被黄东海挖过的缘故。我想象起了二十多年前黄东海在这里挖坑埋箱的情景，而我现在要把他埋的东西再挖出来，他那张独一无二的忧郁的脸又浮现在我面前，我的手渐渐地有些发抖。

不知过了多久，我终于挖到能容下一个人的深度了，还好，没有看到地下水，在上海，这个深度一般都会有地下水的。我跳进了自己挖的坑里，有一种进入坟墓被活埋的感觉，因为我现在能感到自己的脚底的泥土里有着什么东西。我弯下了腰，在狭小的空间里用手挖着。我摸到了，我摸到泥土中有一块金属，是铁皮，我继续用手指挖，或者抠，直到手指几乎麻木了，我终于挖出了一个箱子，冰冷的铁皮箱子。

我紧紧地抓着这箱子，就像抓住了我的生命，冰冷的铁皮让我发热的头脑冷静了下来。我把箱子举过头顶放到了地面上，接着从坑里爬了出来。我摸着这个从地底挖出的箱子，从地下带出来的泥土气息冲进了我的鼻孔中，再回环缠绕于我的身体里。如果我是盗墓贼，这个就是我盗取的宝贝，如果它里面真的存在我需要的东西的话。我看到箱子盖上有一把铁锁，我知道现在还不能打开它。

月光依然明亮，我抬头看了看楼上的窗户，也许黄韵的妈妈在看着我，不管她看没看到，我向楼上的窗户鞠了一个躬。然后我丢下了铁锹，拿起铁皮箱子，推开门走了出去。明天早上，楼下种花的人家会惊奇地发现地面上出现了一个大坑，美丽的山茶已经毁了，他们也许会认为是哪个精神病干的。

走出弄堂，我才意识到自己的身上全是泥，又拿着一个铁皮箱，如果碰到巡警，把我带到警局，打开箱子发现真有颗人头，那我就完了。我不敢拦出租车，走进一条无人的小路回家，汹涌的夜色和明媚的月光陪伴着我恐惧的脸。

THE VIRUS
2月25日

　　终于带着从地下挖出来的铁皮箱子回到了家里，我喘了好几口气，再看看手表，已经凌晨一点半了。

　　我坐下来，虽然深更半夜，却一点睡意都没有。我看着这个铁皮箱子。泥土弄脏了我的地板，我顾不了这些，从抽屉里翻出来一些榔头、钳子、扳手之类的工具。再看了看箱子上的铁锁，那么多年了，铁锁早就生了锈，我开始用钢丝钳去铰铁锁，然后再用榔头和扳手一块儿上，费了很大的力气，终于打开了。

　　铁锁断开的那一刹那，我的手突然有些软了，我平复了一下心跳，然后缓缓地打开了箱子。

　　她。

　　我看到了一张脸。

　　一张女人的脸，二十岁出头的女人，确切地说，是一个女人的头颅。

　　我的手在发抖，我把手伸进箱子，小心地捧起她的头。她皮肤雪白，乌黑的长发披散着，闭着眼睛，神色安详自若。我无法再用语言来描述她了，我只能说，她很美，就是美，只能用这一个字来形容，因为其他各种各样的形容词，都无法准确地描述她的美。

她的美，超过了香香，超过了黄韵，超过了一切已知的女人。

她是皇后。

同治皇帝的皇后，一个死于公元 1876 年的女人。

我的双手捧着她的头颅，手指在她残存的脖子上，那柔软的脖子，细腻的肌肤，我能用最直接的手指的触觉感受到。我把她靠近了我的眼睛，仔细地看着她，看着她的脸，看着她闭着的眼睛，看着她的嘴。我必须承认，她有一种冲击力，视觉的冲击力，这力量使许多人命丧黄泉。我这才相信，那些人对她所产生的幻想和惊讶，以及恐惧。

如果由我来编撰清史，我会写下这样的字句——皇后阿鲁特氏，一个神奇的蒙古美人。

她的脖子底下是一道平平的伤口，但有锯齿状割痕，显然是用锯子锯的。我能看到裸露的脖颈切面里那些气管和血管，就像刚被锯下来的一样。

我把她放在桌子上继续观察。如果仅仅看她的脸，我绝对不会相信她早已经死去了，她像是睡着了那样，一点痛苦都没有。其实她承受了世界上最大的痛苦，是我们活着的人强加给她的痛苦。

我不再顾忌了，我知道那些碰过她的人大多死了，但我一切都不顾了，我抚摸着她的头发，她的脸，那柔软的肌肤还富有弹性，我再摸摸自己的脸，除了她的皮肤更细腻之外，我无法分辨出我的皮肤和她的之间有什么区别。我这才完完全全地相信，那些被遗忘了的档案资料，那些人说的话，都是真实的。

我终于找到她所需要的东西了。

那是她的一部分，最重要的一部分——头颅。

我打开电脑，上了古墓幽魂，再次进入了最后那个迷宫游戏。我在迷宫中走了几步，然后就在下面的对话框里写：我找到了你需要的东西。

几秒钟以后，对话框里弹出了回答——

古墓幽魂：你真的找到了？

我：我找到了，我知道了一切，你不是我的香香，你是皇后。

古墓幽魂：你有勇气，也有智慧。还记得那个有普希金雕像的街心花园吗？半小时以后，你赶到那里，在普希金的雕像下，把我需要的东西给我。

我：好的。

古墓幽魂：快去吧。

接着我下线了。关上电脑，我把皇后的头又放入了那铁皮箱子，捧在怀中，走出门去。

时间已经是凌晨三点钟，我走在空无一人的马路上。我决定继续步行，半个小时足够了。我把那铁皮箱子牢牢地抱在胸前，就好像抱着箱子里皇后的头。在寒冷的夜风里，在月光下，我突然想起了我曾经写过的一篇小说，叫《爱人的头颅》，讲的是古时候一个男子被砍了头，他的爱人，一个美丽的女子，在夜晚带走了他被砍下的头，到了一片竹林中，给爱人的头颅作了神奇的防腐措施，然后与它一起生活。人头一直没有变，永远都是青年男子的样子，而那女子，却在变老，几十年后，那女子变成了老太婆，捧着依然是青年男子模样的人头躺进了坟墓。

我觉得，我现在就像是那个女子，捧着那颗永存不变的头颅，走向死亡。

夜色迷离，我的脚步声在这个城市中回响着，我胸前的箱子被胸口焐热了，她的头正对着我怦怦跳动的心脏。也许她能感知我心中所想的一切。

终于到了那个街心花园，普希金的雕像孤独地站在那儿，我想起以Rose 的身份出现的她曾在走过这雕像的时候对我说 ——"石头也是有生命的，每一样东西都是有生命的。雕像也会思考，他也有与人一样的感情和思维，从这个角度来看，他是活着的，他是永远不死的。因为 ——生命是可以永存的。"

　　也许，这就是她选择这里的原因。

　　我走进了街心花园。树影婆娑，月光下的普希金正看着我，看着我怀里的东西。我走到普希金雕像下，捧着箱子，静静地等待着她的出现。

　　忽然，一阵冰凉的风袭来，一个人影出现在了树丛中。

　　她来了。

　　一身白衣，还是香香的脸，嘴角闪着微笑，那股天生的香味在夜风中飘荡。她靠近了我，我不由自主地后退了一步。月光下，她幽幽地说："你怕我？"

　　"不，我 ——"面对着她，我说不出话来。

　　"别害怕。我只是一个普通的女子。"她把手伸向了我，洁白的手指在月光下发出白色的光泽，她继续说，"我不会伤害你的，毕竟，你是第二个真正拥有我身体的男子。"

　　我突然像被什么东西打中了似的，心里痛苦万分。第二个男子，那么第一个一定就是同治皇帝了，我是他的替身吗？我不敢想象下去了，我打断了她的话："对不起，别说了。"

　　她语调轻柔地回答："相信我，你不是替身。其实，在你心中，我才是香香的替身。"

　　我很惊讶，也很佩服她，她说得很对，摸透了我的心思。我又想到了什么："最后一个问题，你叫什么名字？"史书里并没有留下作为一个女人的她的名字。

"小枝，树枝的枝。"

阿鲁特小枝，我终于知道她的名字了。

"把你要的东西拿去吧。"我把怀中的箱子递到了她的手中。

她接过箱子，并不打开，而是轻轻地抚摸着它，然后轻轻地说了声："谢谢。"

"不用谢我，我只是希望，不要再死人了，所有活着的人，都是无辜的。"

她没有回答，向我点了点头，然后那张香香的脸给了我一个浅浅的微笑："也许，我们还会再见面的。"

接着，她转过身，我突然对她说："你不打开箱子看看里面吗？"

"不用，我相信你。"说着，她走出街心花园，在茫茫黑夜中，从我的视线里消失了。

空气中只留下那股香味弥漫着。

我摸了摸心口，发觉自己平静了许多，那种恐惧已经不复存在了。我又回头看了看普希金，诗人正在沉思。我静静地想了一会儿，然后走出了街心花园。我没有回家，而是漫无目的地走在上海的马路上。

不知道走了多久，我看到东方的天空在深蓝色的背景底下发出了白色的光，我加快了脚步，向东走去。当我走到外滩的时候，东方已经霞光万丈了，深蓝色的夜空正在渐渐淡去，太阳正在黄浦江的那头喷薄而出。终于，这神奇的一夜过去了。天色已白，许多从长江口飞来的白色海鸥在黄浦江上飞翔着，一艘巨大的轮船划破江面向大海开去。我看到那一轮红日了，在陆家嘴的几栋摩天楼间，那轮太阳缓缓升起，就像是在攀登高楼，而另一边的月亮，还继续挂在天空。

外滩海关大厦上的大钟响了，悠远的钟声环绕在我的耳边。

我爱这座城市。

THE VIRUS

3月1日

我还活着。

我在网上检查了一整天，已经找不到"古墓幽魂"了，那个网址也消失了，各大网站所遭受的病毒也自动清除，首页链接都恢复了正常。

突然，门铃响了，我开了门，一个人站在我的门前，他递给我一个纸盒子，急促地说："我是快递公司的，这是给你的快递，请你签收。"

"给我的快递？"我看了看这个纸盒子，包装得还不错，有点分量。我问他："请问是谁发的快递？"

他摇了摇头说："对不起，这我不知道。"

我在那张清单上签了字，然后快递员就离开了。我关上门把纸盒子放在了桌子上，不解地端详了盒子片刻，然后拆开了包装。

一张熟悉的脸。

香香！

盒子里装着香香的头。

我捧起她的头，就像几天前的那个晚上捧起皇后的头一样。她闭着眼睛，我仔细地看着她，又闻到了那股熟悉的香味。我把她的头抱在怀里，紧紧地抱着，我再也控制不住自己了，泪流满面。

香香，香香，我的香香。

我还以为得到你了，其实，你已经永远地离我而去了。

皇后把香香的人头还给了我，对，她已经得到自己的头颅，不再需要香香的了，她的确应该把香香的头颅还给我，她做得对。

香香，我永远念着你。

THE VIRUS
清　明

　　天还没亮，天上挂着几颗星星，公墓里一个人也没有。我翻过了墙，偷偷地走近那一排排阴森的墓碑。终于，我来到了一个墓碑前，墓碑上镶嵌着香香的照片，她在照片里对我微笑着。我打开带来的箱子，箱子里，香香的头正安静地躺着。

　　也许是由于皇后的力量，香香的头颅似乎也得到了某种奇迹的支持，一个多月了，一点变化都没有，完好无损。我决定把她埋葬，让她回归于土地，我不愿再看到那些与自然规律背道而驰的事了。死亡就是死亡，死亡就是连灵魂带肉体都消失得无影无踪。

　　生命不需要永存。

　　我已经做出了抉择。

　　经过这些天来发生的事情，我完全消除了对坟墓的恐惧，似乎已经对挖墓这种事情熟能生巧了。我用工具熟练地撬开了香香墓碑下的大理石盖板，这方几十平方厘米的狭小空间，就是香香的"地宫"了。她的骨灰盒正安放在"地宫"的中间。我把箱子里香香的头颅轻轻地捧了出来，放到了她的骨灰盒的旁边，让她的头颅回到身体边上吧。

我迅速地跑到旁边的花坛里挖了许多泥土，又回到香香的墓前，把这些泥土撒进了小小的"地宫"中。黑色的山泥像细沙一样从我的手指间滑落，覆盖在香香的脸上，先是她的头发，再是耳朵，然后是嘴巴，最后是眼睛和鼻子，我看了香香的脸最后一眼，她是那么安静，那股香味还在飘荡着。随着最后一把泥土离开我的手指，香香的头颅被完全覆盖住了。

入土为安吧，我的香香。

我知道，我再也见不到她了。

我站起来，把香香的墓再清理了一遍，使别人看不出这里曾被动过。然后，我吻了吻墓碑上镶嵌着的照片里的香香。

周围树林里的鸟鸣开始了，预报着天色就快白了。我最后看了一眼香香的墓碑，别了，香香。

我离开了墓园。

我在墓园外泥泞的田野里行走着，油菜花开，一片金黄，我似乎又闻到了香香的那股香味。我一直停留在这里。八点以后，墓园内外突然变得非常热闹，一年只有一个清明，许许多多的人来到墓园里祭奠死去的亲人。我在外面看到许多烧纸钱的白烟缓缓地从墓地中升起。

我站在油菜花田中，回想着从冬至以来发生的所有的事情，现在已经是清明了，一切宛如一场噩梦。一切都应该结束了，叶萧已经告诉了我，最近一个月以来，本市，包括全国各地，再也没有发生过类似前两个月频繁发生的无缘无故的自杀事件。骇人听闻的"病毒"消失了，不会再有人死了，因为她已经得到了她想要的东西。

是的，我想，噩梦已经结束了。

上午十点，我跟随着一辆满载着扫墓结束以后回家的人们的大巴回到了市区。

我又闻到了这座城市的味道。我还要坐几站地铁，便下到了地铁站，在站台上等待着。不一会儿，一列地铁疾驶而来，往车窗里面看，可以看到列车里挤满了人。车停下来了，我向最近的一个车厢走去。车门开了，涌出来许多人。忽然，在这些迎面而来的男男女女中，我看到了一张脸。

绝美无比的脸。

——皇后。

那颗我从地下挖出来的头颅，那颗完美的头颅，正牢牢地安在一个完美的女人的身体上，脖子上一点痕迹都没有。没错，物归原主了。她的全名——阿鲁特小枝。

她看到了我，对我微笑着。

我站在原地没有动。接着，列车关上了门，迅速地开走了。站台上空空荡荡，四周没有人，只剩下我和她。

"你好。"她主动对我说。她穿了一件白色的衣服，样式是淮海路流行色橱窗里的那种，就像马路上许多二十出头的女孩子一样。

我有些窘迫，说不出话来，不知道怎么称呼她，是叫她皇后，还是小枝？我只有淡淡地说："这世界真小。"

"是的，你还好吗？"

"很好，你呢？"

"我对你说过，我现在在一家网络公司工作。"她笑着回答。

"哦，一切都会好起来的。"我说了一句莫名其妙的话。

这时候，又一列地铁进站了，我想我该走了，我对她说："再见。"

"有缘一定再见。"

我走进了列车，人很多，我挤在车门口，透过车窗，望着还站在站台上的她。她很完美，她还在看着我，向我挥着手，我也向她挥了挥手。列车缓缓开动，越来越快，带着我进入了黑暗的隧道。

我看着车窗外，黑暗中，我大睁着眼睛。

我再也不怕黑了。

THE VIRUS
尾 声

生活像一杯白开水一样，我再度于平淡中静静地生活着。

我产生了一个念头，想把这些神奇的经历诉诸文字，写成一部小说，以纪念那些离我远去的人们。我打开了电脑，打出了标题——病毒。

我面对着标题下的空白许久，不知道如何下笔。忽然，门铃响了。打开门，一个五十岁左右的陌生的男人站在我面前。

"你是谁？"我问他。

"我叫黄东海。"

黄东海？怎么是他！我曾经竭力寻找过他。我吃惊得说不出话，后退了几步，把他迎了进来。他身材瘦长，脸颊消瘦，眼睛明亮，神情略显忧郁。是的，不会是冒充的，他就是我在照片上见过的黄东海，只是头上多了些白发，肤色要比照片上的黑一些。他递给我一张名片，名片上写着：生命科学研究所研究员黄东海。

"你好，年轻人，我刚从远方回来。这几个月来所发生的一切，我都知道了。"他的嗓音浑厚，慢慢地吐出了这些话。

"你好。"我不知道怎样回答。

"我知道，你认识我的女儿黄韵，她已经死了，其实，这就是对我的惩罚。"他的语调有些悲伤。

"为什么要离开她们母女？"我大胆地问他。

"当时我不知道我竟然会留下一个女儿，而且，那年我离开上海，是因为更重要的原因。"

"你在逃避吗？"

"不，不是逃避。"他提高了音量，"是探索，我用了几十年的时间，探索一个秘密。这些事，你是不会明白的。"

"我明白。"

"不，年轻人，你永远都不会明白，你以为事情已经结束了吗？"

我点了点头。

"你错了，你做了一件错误的事。"他忽然以异样的目光盯着我，让我有些害怕。

"错误的事？"我不明白。

"为什么把她的头颅还给她，为什么？"

"为了许多人的生命。"

"不，事实上恰恰相反。年轻人，你把问题想得太简单了，你不应该满足她的愿望，你错了，你铸成大错了。你迟早会明白的。"他重重地说着。

"我不相信。她只是一个弱女子，一个普通的女子，是神奇的命运，让她经历了人世间最悲惨的事，她是无辜的，她只是一个受害者。真正有罪的，是人们的贪婪，贪婪导致了她的痛苦，然后又导致了她对人们的报复，说到底，是人们咎由自取。现在，她已经得到所需要的东西了，她会平静地生活在人们中间，不会再伤害到任何人。"我竭力为她辩解。

"我也曾经这样想过，但这许多年来的漂泊，让我改变了想法。我知道，她很美，美丽常会让人产生同情。年轻人，你要清醒。我相信你会明白的。既然已犯下大错，那么，该来的总要来，谁也逃不了。"他意味深长地看着我，然后说："我走了，你好自为之。"

我忽然清醒了过来，跟在他身后说："不，请你别走。"

但他还是走出了门，然后把有力的手放在我的肩膀上，轻轻地说："噩梦还没有结束，噩梦才刚刚开始。"

他消失在了楼梯尽头。

我关上门，一阵冷风从窗户缝隙中袭来，我打了一个哆嗦。我又坐回到电脑前，看着屏幕里的小说标题"病毒"，静静地回想着黄东海刚才对我说过的话。我又感到了那种恐惧，我以为我已经摆脱这种恐惧了——不，人永远都摆脱不了恐惧。

我关上了电脑，匆匆地睡下。

我梦见了一个女人，她有着完美的脸、雪白的肌肤，她行走在一片黑暗中，赤裸着身体。我能看清她的腹部有一条淡淡的伤痕，我看清楚了——在她的腹中，正孕育着一个新的生命，一个蜷缩着的胎儿。

她就是皇后阿鲁特小枝。

噩梦才刚刚开始。

蔡骏

207

THE VIRUS

费家洛的恐怖婚礼

看过一部叫《肖申克的救赎》的电影吗？DVD 外壳是个男人敞开衣服，平伸双手站在针点般密集的夜雨中……如果，给她一把小小的工具，无论铲子、凿子还是钻子。

——《偷窥一百二十天》

两年前，《悬疑世界》招聘编辑，来了个男生面试。他是我的脑残粉，九零年的，家在外地，身高接近一米九，头发软软的、发色淡淡的，看起来有些像电影里的安迪。

他的名字叫费家洛。

想起《费加罗的婚礼》，显然，他的爸爸是个古典音乐爱好者，我很快让他来上班了。

但，我错了。

为什么叫费家洛？他爸姓费自不待言，且酷爱金庸小说，尤其痴迷于《书剑恩仇录》，超级崇拜红花会总舵主陈家洛，因此给儿子起名费家洛——但我不可能就这样把人赶走吧。

半年过去，费家洛成为我们的优秀编辑。

有一回，碰上我的签售会，一个女读者要求我给她签名——

TO：苏青桐

正好费家洛在帮我翻书，先是看到她的名字，然后抬头看到她的脸。

一分钟后，费家洛要到了苏青桐的微信号。

一天后，费家洛单独请苏青桐去"赵小姐不等位"排队吃了顿盐烤。

一周后，费家洛不经意间拉起了苏青桐的手。

一月后，费家洛和苏青桐在一起了。

一年后，费家洛和苏青桐领证了。

苏青桐问费家洛，你为什么一眼就喜欢上了我？

你看过《书剑恩仇录》吗？

嗯，霍青桐。

谁都知道，陈家洛的真爱，是英姿飒爽的霍青桐，至于小萝莉香香公主，无非是个小三罢了。

同理可证，费家洛和苏青桐，是绝配。

但，这年头要追女孩，用名字天生一对这种老土办法，可是万万行不通的。

吃第一顿饭的时候，费家洛告诉苏青桐，自己是陈家洛的后代，当年香香死后，陈家洛害怕乾隆皇帝的追杀，将陈姓改为费姓，家族在深山间隐居了两百年。到了费家洛他爸这一代才出山经商，因为与西域和香香公主这层关系，他爸获得去迪拜发展的机会，成为迪拜王室的大内总管，如今家财万贯，在迪拜的七星饭店里拥有一间套房，还有十九辆法拉利。现在，他在国内做编辑这份差事，就像至尊宝做山贼这份职业，不过是为了增加社会经验罢了。

当然，我们都知道事实是——费家洛身份证上是汉族，他的老爸在迪拜发展，干的是厕所清洁工。虽然每月能挣两千美元，但要付五百美元给中介，五百美元做生活费，剩下一千美元寄回家，给卧床不起的家洛他奶奶治病。而费家洛的妈妈，早几年就去世了。

不错，费家洛是个彻头彻尾的穷三代。

至于苏青桐，她是个与费家洛同龄，工作刚满一年的上海姑娘，自称大资本家大地主后代。真实情况嘛，经我调查，她住在南市老城厢最后一片老房子里，二十年前就说要拆迁分房子，等到现在还没拆掉。

其实，苏青桐一直知道费家洛在骗她，只是故意不戳穿罢了。凡是智商不低于九十的人，都知道他说的那些全是鬼扯淡。但费家洛还是一本正经地圆谎，那样认真的表情太可爱了，不如让他继续说下去，多欢乐啊。

去年情人节，费家洛跪地求婚。他坦率地告诉苏青桐，他远在迪拜的老爸，最近连厕所清洁工的差事都丢了。他说，如果苏青桐现在立即说分手，他绝对不会怨恨，反而还要为自己的谎言道歉。

苏青桐却接受了他递来的水晶戒指，虽然是江浙沪包邮的货色。

两个人进入结婚流程。

自然，男方父母指望不上。费家洛他爹欠了中介的钱，连回国的机票都买不起。他奶奶躺在老家的病床上不省人事，其他亲戚都躲得远远的，无非是怕他伸手借钱。

女方父母嘛，挑明了要跟女儿断绝关系，反对她嫁给费家洛。原本指望苏青桐能嫁个富二代或官二代，最起码也得是有房有车的本地小伙子，最后却让光屁股来的外地穷鬼抱走了，这二十来年不是白养了？莫说不会给一分钱，就连婚礼也绝不会来。

怎么办？

以他俩的收入，如果没有父母资助，如今想在上海买房，那是做梦。

好吧，那就裸婚，可是，就连办场婚礼的费用，两人也是捉襟见肘。

苏青桐是月光妹，还欠着银行的信用卡。费家洛的工资减去房租和生活费，每月能存下两千来块，再扣掉这一年来谈恋爱的开销，又去七浦路拍了套婚纱照，剩下的钱刚够吃一顿KFC全家桶，还必须是团购券。

不知是谁插了一句——不如办场恐怖婚礼吧。

费家洛的恐怖婚礼。

好主意，这是费家洛的职业习惯，绝不忌讳。至于新娘嘛，苏青桐要不是酷爱各种惊悚悬疑推理小说与电影，把"德州电锯""下水道人鱼"啥的看了一二百遍，怎会喜欢上费家洛这样重口味的呢？

什么地方适合办恐怖婚礼？在排除了一大堆密室、鬼屋、迷宫后，我忽然想到了那里！

从小学三年级到初一，我住在普陀、静安、长宁三区交界的曹家渡。在我幼小的心灵里，苏州河三官塘桥（现在叫江苏路桥）旁边，有幢像医院一样的建筑，但永远铁门紧闭，玻璃蒙着厚厚的灰尘，似乎从未打开过，也看不到里面关着什么。后来百度才知道那是曹家渡人民医院，已被关闭了差不多三十年。

当晚，我们组团前往离公司不远的曹家渡。

谢天谢地，童年记忆中的黑暗建筑还没被拆掉，孤零零地矗立在苏州河边。前头被一座新造的哥特式天主教堂挡着，因此在马路上是看不到的。

好不容易打开铁门，升腾起重重黑雾，是三十年来的灰尘。幸好我等早有准备，戴着口罩和护目镜，检查医院大部分房间。这里还保留八十年代风貌，墙上挂着当时的口号和标语，还有各种文件和通知，只是字迹模糊不清。急诊室里还有担架，各种抢救的工具，当然没有病人与小护士。还有黑漆漆的手术室，锋利的手术刀散落在地板上。

好吧，这是天赐的恐怖婚礼现场，空旷的一层候诊大厅，很容易改造成教堂的样子。

我们公司的强强，弄来个小型发电机组，在不用空调、冰箱等电器的前提下，可连续供电十二个小时。我们自己动手打扫卫生——除了太平间没人敢进去。

我有个朋友，是很有名的导演，在拍一部婚礼题材的电影，许多道具刚好用完，我便向他借了过来，布置在废弃医院的候诊大厅……

三天后，医院成了教堂，挂号间贴满鲜花，药房的墙上糊上婚纱海报，急诊通道铺好红地毯，原本写满医院各项规定的墙，被装饰成教堂祭坛，顶上挂了大大的十字架。最后，四楼的院长办公室，被我们改造成新郎新娘的花瓣洞房。

婚礼时间，定在四月一日夜晚。

要说男方亲友就算了吧，除了我们这些编辑部同事，还会有人来给他送红包吗？而新娘子苏青桐，发出去一百张请柬，盘算着能收进几万块红包，就能去巴厘岛蜜月旅行了。不承想婚礼当晚过了九点钟，居然一个人都没出现！原来，她平常是出了名的嘴贱，得罪了不少朋友和同事，再加上这婚礼地址——曹家渡人民医院，网上一查关门了三十年，谁还会来？就连原本说好的伴娘，也突然找了借口临阵脱逃。

于是，这场婚礼算上新郎新娘，总共只有十三个人参加（这数字好吉利）。

以上嘉宾全部来自《悬疑世界》——我、强强、哥舒意、潘尼、方舟（前面五个是帅哥）、楚瓷、潘潘、林妹妹、Lina、Elly、婷婷（后面六位是美女）。

人手不足，必须每个人都扮演一个角色。具有婚庆从业经验的强强，自然担起司仪的重任。而我披上一件黑袍，扮演教堂里的告解神父，具有聆听忏悔的职能。单身未婚的哥舒意充当伴郎，楚瓷顶替了伴娘。潘尼摄像，方舟摄影。潘潘撒花瓣，林妹妹提白裙，Lina 放礼花筒，Elly 放鸽子（受到吴宇森电影的影响），婷婷播放 PPT……

没有观众。

晚上十点，婚礼开始，通过小型发电机，三十年前的医院候诊大厅变成教堂，灯火通明，婚礼进行曲响起。

司仪引导声中，新郎新娘穿过红地毯，满头花瓣彩带，来到扮演神父的我面前。

在交换戒指与宣誓之前，身着洁白婚纱的苏青桐，愣愣地看着我的眼睛，忽而把视线抬高，瞳孔中映射出恐惧。

她看到了什么？还是想起某个极度恐怖的场景？

接着，伴娘楚瓷也开始尖叫，然后是伴郎哥舒意和司仪强强，以及在场的所有人，一群鸽子提前飞出来，最后是新郎费家洛，晕倒在婚礼的祭坛前。

我疑惑地回头，发现二楼走廊里，站着一个全身白裙的长发女人。

这个女人看起来挺年轻，白裙上落着许多灰尘，像是刚从棺材里爬出来，身上还沾着猩红的血迹。皮肤超乎常人的苍白，乌黑长发披肩，眼神勾魂，嘴角微微扬起，很像山村贞子她妹妹。

鬼啊！

等一等……今天是什么日子？

愚人节！

你们真是丧（干）心（得）病（漂）狂（亮）！

我指了指哥舒意，又指了指强强，最后拍了拍新娘的肩膀，用这一招来吓唬神父？是不是太幼稚了一点？接下来，大概就是《变脸》和《喜剧之王》的桥段吧，一枪打死神父？上面那位妹子，你是新娘的亲友吧？快下来扫扫微信二维码。

可是，其他人的目光依旧极度惶恐，潘潘与 Lina 都已躲到了长椅底下。

当我回头再看楼上的美女，发现她的两个眼眶流血，左眼珠子竟掉了出来，径直坠落到我手中的《圣经》封面上。

不是吧！

我们纷纷想要逃命，医院大门却被紧紧锁住，无论如何都打不开。天哪，整个医院只有这么一道门。砸玻璃也没用，因为医院所有窗户，都被铁栏杆封死，整个医院成为巨大的鸟笼。

这下好了，密室杀人开始了，还带灵异风。

贞子她妹从二楼下来了。

我们慌不择路分头逃跑，有人钻进内科门诊，有人逃进化验室，有人冲入放射科，还有人直接进了手术间。

而我拉着今晚的新娘和刚刚醒来的新郎，反方向跑上二楼走廊。

再看底楼教堂，贞子她妹找到地上的《圣经》，捡起自己掉落的眼珠子，用手绢擦擦干净，重新安回眼眶里。

在费家洛再次吓晕之前，我把他拉进专家门诊，锁好门锁的刹那，才发现屋里还有人。

那是个穿着白大褂的老医生，头发花白，戴着眼镜，正在埋头写着病例卡，从眼花缭乱的医生字体来看，起码有三十年的从医经验。

我刚想问哪里还能出去。

老医生抬起头来，脸上的肉都已腐烂，一块块掉下来，露出白森森的骨头，同时发出阴惨的声音——看病先挂号懂不懂啊，同志！

我后悔自己装扮成神父，为什么不事先准备好大蒜和十字架？

我们逃回了走廊，这下轮到苏青桐尖叫了——有只小手抓住她的脚。在婚纱底下，藏着一个浑身白色的小男孩，乍看挺眼熟的，不就是《咒怨》里的那张脸吗？

妈呀，整座医院咋都是僵尸了呢？

新娘挣脱了高跟鞋，拖着又昏迷过去的新郎爬上三楼，我在后面提着婚纱裙摆，以免她绊倒摔死。

刚爬上三楼，就碰到太平间大门敞开，冲出来个小护士，她穿着过去那种护士服，从头到脚裹得很紧，脸上冒着血，半条舌头伸在外面。后面还跟着几个家伙，有的穿着蓝白相间的睡袍，乍看像阿根廷球衣，其实是八十年代病号服。有的中年妇女，穿着灰色护工服。还有人穿着黑制服，像是背尸体的。

此刻，整座废弃医院尖叫声此起彼伏。

这是愚人节还是万圣节还是七月半呢？

我们继续逃往四楼，意外地跟伴郎、伴娘会合，这才发现医院里有百十来个僵尸四处横行，不清楚有没有活人受到攻击。

强强、潘尼、方舟、潘潘、林妹妹、Lina、Elly、婷婷，你们还活着吗？或者，身体还完整吗？没有变成僵尸吧？

拨打110求救，却没信号——真是自作孽不可活，是我们为了强化恐怖婚礼的效果，设了信号干扰装置，确保大家与世隔绝。而这个装置就在"教堂"的祭坛下面，我们往底下一看，几具僵尸大妈正在那儿跳广场舞呢。

这到底是怎么回事？

三十年前，这座曹家渡人民医院，为什么会突然关闭？这栋建筑为什么一直没被拆掉？为什么医生、护士和病人都变成了僵尸？

忽然，我想起很小的时候听大人们说，差不多在1984年，上海曾经有过一次神秘的事故，造成严重的人员伤亡。后来事件平息了，但这次事故却没有在任何文字记载中留下痕迹。

我们真傻啊，当年的神秘事故，显然就发生在这个医院！而当时，所有的医生、护士和病人都成了牺牲品，最后被封闭在太平间。曹家渡人民医院自然就被遗弃了，并且禁止任何人进入，直到现在……我们这群人进来搞什么恐怖婚礼！

当我意识到这一点时，几个穿着白大褂的僵尸冲上来，新郎再次被吓晕，新娘却被僵尸抓住。伴郎、伴娘也被僵尸团团围住。我本想跟它们搏斗，但不知道用什么工具，最后还是逃进了一个小房间。

我把门紧紧锁住，确保外面的怪物不会进来。通过一个小窗口，我发现僵尸们并未伤害新郎、新娘，而是围在他们身边，用听诊器听两个人的心跳，还用手电筒照他们的眼球。更有甚者，拿一块恶心的口腔板，伸入新娘的喉咙观察，最后还有人写病例卡——小时候看病的痛苦经历全都涌到眼前，一瞬间又亲切又悲伤，让人泪流满面。

走投无路啦！这个小房间全是灰尘，却有一台老式唱片机，原来是医院的广播间。在唱片机的转盘上，恰好放着一张黑胶唱片，再看封套竟是《费加罗的婚礼》。

底楼的小型发电机还在运转，我按下开关转了起来。

深深吸了口气，擦去唱片上的灰尘，便放下了细细的唱针……

世界安静了。

只剩下两个意大利女人的声音，通过医院的喇叭，悠扬地穿梭在走廊、楼梯、诊室、病房、药房、太平间……

想起很多年前，我第一次看《肖申克的救赎》，当时 DVD 外壳上印着《刺激 1995》。给我留下印象最深刻的一段，并非安迪爬出下水道获得自由的雨夜，而是他在典狱长的办公室，突然用唱片机播放《费加罗的婚礼》，通过扩音器传到监狱的每个角落，所有犯人都在侧耳倾听。

忽然，我感到了一刻的自由。

此时此刻，医院中的僵尸全都停止行动，在《费加罗的婚礼》声中忧郁沉静。行尸走肉的病人和医生，只想做个安安静静的美男子；浑身腐烂的小护士们，也都变回了萌妹子。

《费加罗的婚礼》是十八世纪的歌剧，作曲的是大名鼎鼎的莫扎特。而在唱片封套底下，还有医生体手写着一行字，我看了好久才看懂——"婚礼第二首"。

广播间的墙上，贴着几张泛黄的照片，其中就有最先出现的贞子她妹，旁边站着个小帅哥。还有许多医生、护士跟病人们的合影。再拉开抽屉，有·叠厚厚的医院日志，我赶紧翻到最后几页，匆忙抓要点看着，忽地泪水涌出……

终于，全都明白了。

三十年前，曹家渡人民医院里，有位年轻的女病人，患白血病快要死了。她有个男朋友，一个痴情汉子，决定在她死前，跟她在医院里办场婚礼。整个医院被感动，所有医生、护士、病人都作为嘉宾参加了婚礼。他们将候诊大厅布置成婚礼现场。新郎、新娘都是古典音乐爱好者，他们特意找了《费加罗的婚礼》唱片。婚礼进入高潮，古典音乐的歌声响彻医院，与此同时，某个恐怖的事故也在发生。短短几分钟内，参加婚礼的人全变成了僵尸。后来，它们在太平间里沉睡，直到今晚……

至于它们复活的原因，是我们刚才播放《费加罗的婚礼》，一下子唤醒了沉睡的僵尸，以为三十年前的婚礼还在继续。

可今晚，我们费家洛的婚礼怎么办？

我瞬间想出了主意。

冲出广播间，《费加罗的婚礼》就让它循环播放吧，反正僵尸们都变成了音乐爱好者。我救出新郎、新娘和伴郎、伴娘，回到底楼的"教堂"。

我从一堆僵尸里头，找到当年得白血病的新娘，还有死心踏地的新郎，他们两个依然含情默默地依偎着。

他们虔诚地看着我，尤其贞子她妹，居然跪下来亲吻我的黑袍。

我这才想起来，我扮演的是神父嘛，僵尸也是神的子民，也要找我来忏悔。

于是，我对他们说——今晚，我要替你们完成三十年前被中断的婚礼！

我迅速召集了其他人，果然他们一个都没死。倒是几个可怜的僵尸，因为我们的暴力反抗，被弄得缺胳膊少腿，支离破碎。

经过简短的准备，婚礼重新开始，同时有两对新人——

一是费家洛与苏青桐——费家洛已昏迷过去好几次，现在被苏青桐掐醒了。

二是沉睡了三十年的僵尸新郎与新娘，我们用白床单为他们做了婚纱，司仪强强把自己的西装脱下来，穿在腐烂到只剩肋骨的新郎身上。

我们依然是原来的分工，各司其职——强强司仪，哥舒意伴郎，楚瓷伴娘，潘尼摄像，方舟摄影，潘潘撒花瓣，林妹妹提白裙，Lina 放礼花筒，Elly 放鸽子，婷婷播放 PPT。

婚礼重新开始，时光倒流三十年，不算太晚！

《费加罗的婚礼》播放着，意大利女人的歌声悠扬，尤其是对被囚禁在这所监狱般的医院里三十年的医生、护士和病人们而言。它们全安静地坐在下面，要么托着腐烂的腮，要么维修着掉落的眼珠，要么托着自己断掉的脑袋。

费家洛的恐怖婚礼，其实，一点也不恐怖，我们活着的人，都感觉到了幸福。

而在"教堂"之上，我穿着神父的黑袍，倍感激动，眼含热泪，面对眼前的两对新人——九零后的费加洛与苏青桐，还有六零后的僵尸新郎与新娘。

我的脑子突然短路，心想要是三十年前，他俩没有变成僵尸的话，现在小孩都到结婚年龄了吧。

我问：你愿意娶这个女人吗？爱她，忠于她，无论她贫困、患病或者残疾，直至死亡。

作为神父，我严肃地询问眼前的两个新郎。

费家洛回答：我愿意。

僵尸新郎回答：我愿意。

我再对两位新娘说：

你愿意嫁给这个男人吗？爱他，忠于他，无论他贫困、患病或者残疾，直至死亡。

苏青桐回答：我愿意。

僵尸新娘回答：我愿意。

我看着美丽的活人新娘，再看同样妩媚的僵尸新娘。

这时候，僵尸新娘的头发掉了，露出光秃秃的头盖骨。原来，在三十年前的新婚夜，护士们买来长长的假发，掩盖她因白血病化疗导致的光头。

但没关系，新郎、新娘交换戒指。

三十年前的戒指，戴在两根细长的指骨上，只有攥紧关节，才能不让它滑落。

然后，费家洛亲吻苏青桐，僵尸新郎亲吻僵尸新娘。

司仪强强长吁出一口气：婚礼成功，礼毕！

盛大的婚礼过后，僵尸新郎、新娘带着医生、护士和病人们，一起回到了太平间，他们将继续沉睡下去，直到下一次婚礼，直到世界末日。

而我们这些活人还不能那么早离开，因为新人还没洞房呢。

于是，费家洛与苏青桐被送进了医院的四楼——院长办公室改造的新房。

闹洞房我们就不搞了，留下新郎、新娘，关紧洞房大门，大家赶紧撤退。

当我们冲出曹家渡人民医院，跑到旁边的江苏路桥上，靠着苏州河边的栏杆，眺望这栋鬼楼四层窗户的亮光，忽然，有些想念那些僵尸朋友们了。

不过，又有谁提醒了一句，根据医院的日志，事故发生的当晚，院长好像还在办公室里值班……

好吧，今晚有人代替我们闹洞房了。

晚安，祝你们白头到老！永结同心！

苏州河畔，月光丝绸般柔软，带着泥土味的风里，依稀飘着两个意大利女人的歌声。我还记得电影《肖申克的救赎》，当安迪在典狱长的办公室，让《费加罗的婚礼》响彻监狱，摩根·弗里曼演的老黑人独自旁白——

"我到今天始终不明白，这两个意大利女人在唱什么。事实上，我也不想去明白，有些东西不说更好，我想那是非笔墨可形容的美境，但会令你心伤。那声音飞扬，更高，更远，超过任何在灰色地带的人所梦想的，如一只美丽的小鸟，飞进了这灰色的鸟笼，让这些围墙消失了，令铁窗中的所有犯人，感到一刻的自由。"